「ふさわしいかどうか以前に……僕たちは愛し合っていますので」

Contents

腹黒次期宰相フェリクス・シュミットはほんわか令嬢の策に嵌まる

序章　愛する婚約者

シュミット侯爵家が夜会を開く。

そこで一人息子の婚約発表をするらしい。

その報せは貴族界に衝撃を与え、またたく間に広まり、招待を受けた家はどこも欠席することなく夜会に参加している。

それもそのはず。

シュミット侯爵の一人息子フェリクスは、見目麗しく優秀な頭脳を持ち、次期宰相という立ち位置にいながら、これまで婚約者どころか一切のうわついた話を誰も聞いたことがなかったからだ。

穏やかに微笑む彼に恋した令嬢は数えきれない。

そして、その微笑みを崩すことなくバッサリと付き合いを断られた令嬢も数えきれなかった。

『申し訳ありません。僕は女性の相手より殿下の補佐をするほうを優先させてしまうでしょう。もしご令嬢が幸せをお求めなら、僕のような薄情な男はおすすめできませんよ』

それほどフェリクスは仕事人間として有名で、いっそ彼は生涯独身を貫くのではと言われていたほどだ。

「まさかフェリクス殿が……」

「お相手はどのような方なのか気になりますな」

「報せは本当でしたのね。意外ですわ」

「あのフェリクス様を射止める方がいようとは！　本当に驚きですな」

今宵のパーティーは王城の大広間で行われている。

一侯爵家が王城の大広間を使うなど普通はありえないことだが、シュミット家は代々国の宰相を務める由緒正しき家系。王族からの信頼も厚いからこそ許されるのである。

そして現在、会場では様々な噂話が飛び交っていた。

二人いる王女のどちらかかもしれない。

公爵家のご令嬢かもしれない。

ほかにも、他国の王女か高位貴族のご令嬢、意外にも庶民の女性かもしれないという話も聞こえてくる。

要するに、誰も予想がつかない状態だ。

「いらしたわ……！」

会場の大階段の踊り場でシュミット侯爵が立ち止まる。隣には、本日の主役であるフェリクスと婚約者が並んでいた。

誰もが口を噤(つぐ)み、その姿に注目する。

「皆、今宵はシュミット侯爵家主催の夜会によく来てくれた。シュミット侯爵、フェリクス卿よ。挨拶するがよい」

静まり返る大広間に、王族が座る二階席から国王陛下の声が響く。

国王に促され、シュミット侯爵は一歩前に出て口を開いた。

「このたびはお集まりいただきありがとうございます。早速ですが、息子フェリクスがノリス伯爵家の三女メアリ嬢と婚約が決まりましたことを報告させていただきます」

フェリクスの隣に立つ小柄なメアリはとても若く、まだ愛らしい少女と呼べるような令嬢だった。ニコニコと微笑む姿に気負った様子はなく、見た目に反して度胸があることがわかる。

「ノリス伯爵家……ディルク副団長様のご息女ですわね！」

「どれほど美しいご令嬢であっても靡(なび)かなかったフェリクス様が、なぜあんな普通のご令嬢を？」

「ノリス領といえば、ずいぶん田舎のほうだな」

「特に目立った噂は聞いたことがないが……」

「どこでお知り合いになられたのかしら。メアリ嬢……お名前も初めてお聞きしましたわ」

見目麗しいフェリクスと、素朴な愛らしさを持つ令嬢メアリ。

決してメアリを批判するわけではないが、なぜと思ってしまう気持ちは皆おさえられない。

単純に、あれほどの男が婚約者に選ぶ相手としては目立った要素がなく意外ということだ。

しかし、二人のあまりにも仲睦まじい姿を見ていた周囲の人々は、その認識を変えていく。

「……フェリクス殿はあんな顔もできるのだな」

「ああ。とても愛おしそうにメアリ嬢を見つめておられる」

「メアリ嬢も幸せそう。なんだか、見ていて癒やされるご令嬢ですわね」

「本当に。お互いのことしか目に入っていないご様子だわ。とても愛し合っていらっしゃるのね」

最初こそ好き勝手な言葉が飛び交ったものだが、結局のところ当人同士が幸せならそれで良いといったところか。

政略結婚が多い貴族社会において、思い合って結ばれることは貴重で憧れる者も多く、祝福の対象になりやすい。同時に、羨ましさから妬みの対象になってしまうことも多いのだが。

「見て、ファーストダンスが始まりますわ！」

挨拶を終え、フェリクスが手を差し出せばメアリはその手を取り、ゆっくりとダンスフロアへと向かう。

ファーストダンスは今日の主役であるこの二人だけが踊ることになっている。

演奏家たちによる美しい音楽が始まり、フェリクスとメアリはステップを踏む。

完璧にリードするフェリクスはとにかく美しいが、ふわりふわりと軽やかに舞うメアリもまたとても可憐だ。

うっとりする者、歯を食いしばる者、まだ信じられないといったように凝視する者、様々だ。

内心はどうであれ、少なくともこの婚約に文句を言える者などこの場にはいないようである。

ダンスをしながら時折、小声で会話をする二人。

一体、どんな愛の言葉が交わされているのか。

人々はそんな想像をしながら、フェリクスとメアリを見つめていた。

◇

「フェリクス様」

いつもよりやや硬い笑顔のメアリがフェリクスを呼ぶ。

ファーストダンスを踊った後は大勢の人に囲まれ、再び音楽が聴こえれば周囲からダンスをリクエストされる。

それを繰り返しているうちにほどよく緊張も解れたようだが、やはり人から注目を集めるのはメアリにとって負担だったのだろう。

緊張からか手もずっと冷えていたし、人のいないバルコニーに連れて来てよかったとフェリクスは心の中で自分を褒めながら、メアリを気遣うように笑みを向けて穏やかな声で返事をした。

「どうしました？　メアリ」

「〝愛する婚約者への微笑み〟が少し崩れてきていますよ」

しかしながら、飛び出してきた言葉は愛の言葉でもなんでもなく、いたって現実的かつロマンチックのかけらもないものだった。

よくもまぁこの娘はそんなセリフを言えるものだ。

先ほどの心配は無駄だったのかと思いかけ、もしかすると強がりを言うことで平静を保っているのかもしれないとフェリクスは考え直す。

素直に甘えてくれない年の離れた婚約者に彼はフッと笑い、そのまま肩を軽くすくめた。

「……これは失礼いたしました」

「いいえ。演技とはいえ、こんな私に対して愛する婚約者と言わなくてはならないのですから。無理もありません」

演技。

そう、これは演技なのだ。

自分たちは心から愛し合って婚約したのですよ、と周囲に知らせるための。

それもこれも、嫉妬ややっかみなどの鬱陶（うっとう）しいあれやこれやを回避するための策である。

次期宰相として王城内で働くフェリクスにとって、腹の探り合いや嫌味の応酬など日常茶飯事だ。

しかし、これまで田舎のノリス領で育ってきたメアリは違う。

ただでさえ慣れない環境下での生活を強いられるというのに、周囲からの悪意や押し付けの善意を受け続けたら苦労することになる。

自分の婚約者にそんな思いをさせるなど、フェリクスのプライドが許さない。

いくら愛のない婚約だったとしても、婚約者一人守れぬ男に成り下がるのはごめんだった。

二人が仲睦まじい恋人を装っているのは、フェリクスがメアリを守るためにも必要なことなのだ。

「こんな私、ですか。メアリは、間違いなく私の大切な婚約者ですよ」

フェリクスはたとえ演技だろうとメアリに嘘だけは吐かない。

それは彼の矜持（きょうじ）だ。

「ふふ、ありがとうございます。フェリクス様」

だが目の前でクスクス笑うメアリは、この言葉も演技の内だと思っているに違いない。

そのことがどうにももどかしく、フェリクスの胸の奥にチクリと痛みを与える。

（まいったな……）

会場内で響いていたダンス曲が終わり、フェリクスのため息は室内から聞こえてくる拍手の音にかき消された。

（メアリは僕が「婚約者を愛する演技をする僕」を演じていることを知らない）

先ほどメアリに指摘された〝愛する婚約者への微笑み〟が崩れかけたのも、彼女をあまりにも愛おしく感じて、笑みが崩れすぎるのを耐えたためだ。

隣で手すりに寄りかかり、夜空を見上げる小さな少女を見てフェリクスは思う。

（今はまだ、それでいい。だが――）

手にしていたノンアルコールのドリンクを飲み、メアリの顔が美味しいと嬉しそうにほころぶ。

作られた笑みではないこの笑顔に心をかき乱されるようになったのはいつからだったか。

（君ならすぐに気付くかもしれないな）

フェリクスの口元には自然と笑みが浮かぶ。

「楽しみだ」

「え？　何がです？」

「帰ったら飲もうと思っているワインのことを思い出しまして」

「……もしかして、こういった場で飲むよりお酒は一人で楽しむほうがお好きとか？」

「実はそうなのです。よくわかりましたね？」

「愛する婚約者様のことですもの」

「……さすがはメアリです」

今はまだ、それなりの好意を向けてもらえればそれで良い。

焦らず、スマートに、ゆっくりと。

そして、計画的に。

いつかメアリのほうから自分を求める日が来るというのなら。

目に見えぬ不確実な愛情というやつを、メアリにたくさん注ごうじゃないか。

「では、もう帰りますか？」

問いかけてくるメアリに、フェリクスは流し目を向けて艶(あで)やかに笑んだ。

「主役ですから理由もなく退出はできないでしょう。ですが、こういった場に慣れていない僕の大切な婚約者がお疲れのようでしたら、陛下もお許しになられるかと」

「なるほど。……フェリクス様。私、疲れてしまったようです」

「それはいけませんね。陛下にご挨拶をして帰ることといたしましょう」

フェリクスはイタズラをする子どものように無邪気に笑うメアリの肩を、流れるような所作で引き寄せる。

「行きましょうか」

「……はい」

距離が近すぎたがゆえに、俯(うつむ)いたメアリの真っ赤に染まった顔を見ることができなかったのは、フェリクス最大のミスだろう。

第一章　フェリクスの事情

類い稀なる美貌を持った黒髪の青年、フェリクス・シュミット。

宰相の息子という立場に恥じない知能の高さ、剣の腕前、人あたりの良さを兼ね備えたフェリクスは、次期宰相としてかなり有能だった。

だが、彼には大きな欠点がある。

――頭の悪いヤツは嫌いだ。

それが『性格』であった。

◇

（ここが、ノリス家か）

フェリクスは今、のどかな田舎町にある伯爵家の屋敷前に立ち、うんざりした顔を浮かべていた。

今日から一カ月間、まったく面識のない人物ばかりのこの屋敷で過ごさねばならないからだ。

「顔に出ているぞ、フェリクス」

「……お前のほうこそ従者としての仮面を被れ、マクセン」

フェリクスに対し遠慮のない物言いをした長身の男は、従者のマクセン。

幼い頃からフェリクスの遊び相手として付き合いがあったからか、主従でありながら悪友でもある気軽な関係だ。

「ま、ノリス副団長もいない女の園だもんな。気持ちはわかるぞ」

「嘘をつくならまず、その嬉しそうな顔をどうにかしろ」

「バレた？　いやぁ、だってさ。ほぼ女性だけの家に滞在だなんて夢しかないじゃん！　良い匂いがしそうだよなぁ……」

「仮面」

「……お気持ちはわかりますが、フェリクス様もそろそろいつもの胡散臭い笑みを浮かべてください。今、屋敷の者に声をかけに行きますので」

マクセンは言葉遣いをコロッと変えたが、内容には問題ありだ。

フェリクスがニッコリと胡散臭い笑みを向けてやると、マクセンは冷や汗を流しながら慌てて動き始めた。

マクセンは口を閉じてさえいれば非常に真面目な従者に見えるが、やや緩い性格で面白いことが好きな遊び人気質である。

それでも仕事となれば優秀で、フェリクスもその腕に限っては彼を信用しているのだが。

（ノリス家の女性に惚れかねない）

女性方面に関する信用は皆無だった。

赤茶色でスッキリとした短髪のマクセンはいたって普通の青年だが、気さくで親切でもあるため女性の警戒心を解くのが得意である。

おまけに本人も非常に惚れやすく、うわついた話ひとつもないフェリクスとは正反対だ。

ここでの色恋沙汰はやめろとすでにフェリクスは何度も念を押しているし、マクセンとてわきまえてはいるはずだが、感情で動きがちな悪友に不安は拭えない。

しかも、当主のノリス伯爵は王都で近衛騎士として働いており、副団長という立場にあるので、この屋敷に帰ることは滅多にない。

そのため、この田舎屋敷にはノリス伯爵夫人と娘が三人、そして使用人しかいないのだ。

そんな女の園へほぼ初対面である自分が行くだけでも憂鬱なのに、惚れっぽいマクセンが一緒であればより気が重くなるに決まっている。

まだ誰もいない門扉の前でならいいだろうと、フェリクスは大きなため息を吐いた。

そんな姿さえも絵になる美しいフェリクスは、普段であればいくら気が乗らなくても態度に出すことはない。

表向きは人あたりの良い紳士で通っており、内面を隠すのはお手の物。

そもそも、こんな理不尽極まりない命令などいつもであれば得意の屁理屈で回避するのだが、今回ばかりはそうもいかなかった。

なぜなら王命により、フェリクスは一カ月でノリス伯爵家の三姉妹の中から婚約者を決めねばならないのだから。

◇

ある夜、フェリクスは現宰相であり父親のウォーレスに呼び出された。

「……今、なんと?」

「お前ともあろう男が聞き逃すわけあるまい。二度は言わん。これは決定事項だ」

「しかし、一カ月以内に婚約者を決めろというのは、さすがに横暴では?」

やはりちゃんと聞いていたではないか、とウォーレスはフンと鼻を鳴らす。

これだけ聞けば、フェリクスの言うように横暴に思えるかもしれない。

だが、これはウォーレスの胃を助けるためにも必要なことであった。

「横暴なものか。フェリクス、今年でいくつになる?　言ってみろ」

「二十八になりますが」

「結婚適齢期を過ぎている。シュミット家を、ひいては宰相職を引き継ぐためにもいい加減身を固めろとずっと言っているだろう」

「言うほど急ぐ必要もないかと思いますが。三十過ぎてからの婚姻も今は珍しくもなんともないですよ。父上は時代に取り残されているのでは？」

「口答えをするんじゃない。お前が成人して以降、途切れることなく届く令嬢たちからの見合い申し込みを断り続けている私の身にもなれ」

「結局それが本音ですか。断りの連絡はちゃんと僕が自分で出しているでしょう」

「いくらお前が断っても、その後に食い下がられるのは私なんだぞ！」

一度断りを入れた令嬢からの手紙はもちろん、適齢期に差し掛かった新たな令嬢からの申し込みも日に日に増えていく。実に熱心なことだ。

次期宰相として今は勉強に集中したいと先延ばしにしてきたが、いい加減その言い訳にも限界がきていた。

「もし、王太子殿下が三十手前になっても自分は誰とも結婚しないと言い出したらどうする」

どうやらウォーレスはフェリクスが仕える王太子殿下を例に挙げて説得するつもりらしいが、彼はそれを理解しながらも飄々（ひょうひょう）と答えてみせた。

「僕と王太子殿下の立場はまったく違うでしょう。そもそも王太子殿下にはすでに婚約者がいますし、いらぬ心配ですよ」

「例え話だ。ああ、どうしてこんなふうに育ったのだろうな……」

「父上の息子ですので」

フェリクスは幼い頃からああ言えばこう言う面倒なタイプだ。

ただ、彼の言うように『人を疑え』『反論を許すな』『決定的なことは口にしない』などと言い聞かせながら育ててきたのは、間違いなくウォーレスである。

「だが、今回ばかりは断るわけにもいくまい。なぜなら、陛下からの紹介だからな」

「は？」

どこまでも余裕綽綽だったフェリクスだが、陛下の名が出てきた時はさすがにおかしな声を洩らしてしまう。

そんな彼の様子を見て、勝ち誇ったようにウォーレスがニヤリと悪い笑みを浮かべた。

「ノリス伯爵を知っているな？」

「ええ、もちろん。近衛騎士団の副団長でしょう。剣の腕なら団長にも引けをとらない優秀な騎士です」

「お前には、そのノリス伯爵の娘と結婚してもらう。これは王命だ」

続けられるだろう言葉は大体予想できていたが、一切取り繕うことなく告げられフェリクスは閉口するしかない。

それから数秒後、フェリクスは眉間にしわを寄せながら口を開く。

「……頭の悪い女性は絶対に嫌なのですが」

「知っている。だが、これまでだってお前のお眼鏡に適う女性は一人もいなかっただろう。皆、しっかりとした教育を受けている素晴らしい方々だったというのに」

ウォーレスは額に手を当てながら、出来の悪い息子に頭を抱えているかのようにわざとらしく首を横に振る。

実際は出来が良すぎるせいで頭を抱えているのだが。

「全員、欲が透けて見えましたからね。別に、僕の地位や金や顔が目当てでもいいんですよ？ただ、それがこちらに筒抜けなのは馬鹿だなと思うのです。ああ、失礼。馬鹿は良くない言葉ですね。頭が悪い、でした」

「……どのみちアウトだ」

ウォーレスは呆れたようにそう言うが、なぜそんな反応をされるのかフェリクスには理解できない。

人の好みは千差万別。

自分だってただの好みを告げているだけだというのに、随分な態度ではないか、と。

しかし、陛下も次期宰相の行く末を案じて王命を下したのだろう。フェリクスは逃げられないところまで来たようだ。

「わかりました。陛下の命とあらば、さすがに僕も無視はできません。少しは歩み寄る努力とやらをしてやりますよ」

「まったく。いい性格をしているな、フェリクス」

「父上の息子ですので」

とはいえ、ようやく頑固な息子が首を縦に振ったのだ。もう逃がさないとばかりにウォーレスは手を迅速に動かし、サラサラと紙に文字を綴りながら言葉を続けた。

「では、五日後にノリス伯爵家へ着くよう向かえ。そして、一カ月以内に口説き落として連れ帰って来い。一人で戻ってくるなよ」

「それは一カ月もノリス伯爵家に滞在しろ、ということですか？　先方に迷惑では」

「すでに話はついている。あとはお前の受諾待ちだったからな。期日に間に合って何よりだ」

「……さすがは父上ですね」

陛下の名を出せばフェリクスが首を縦に振るしかないことをわかった上で、計算された計画だったのだろう。

期日ギリギリになって告げたのは、考える時間や逃げる時間を与えないためだ。

ノリス領へ五日後に着くようにというと、遅くとも王都を明後日には発たねばならない。

おそらく、ノリス伯爵側も娘を嫁にしてもらうために必死なのだろう。

そうでもなければ、屋敷に一カ月も初対面の人間を滞在させるなどありえない。

あからさますぎる、とフェリクスはすでに嫌気がさしていた。

「安心しろ。ノリス伯爵令嬢はどのご令嬢もとても魅力的だぞ。お前が誰を選ぶのか、楽しみに待っているからな」

「……選ぶ？」

不穏な響きを持って耳に入ってきたその言葉に、フェリクスは嫌な予感がした。

そういえば、なぜお見合いに一カ月も必要なのか。その時点でもう少し怪しむべきだった。

「ああ、言っていなかったか。ノリス伯爵令嬢は三姉妹だ。領地経営を完璧にこなす伯爵夫人と王城近衛騎士の副団長である伯爵に育てられた優秀なご令嬢たちだぞ。お前の言う賢い女性という条件を満たすのではないか？」

不敵に笑った父親の顔を見て、フェリクスは思いきり眉根を寄せた。

◇

（さて、どんな問題を抱えたお嬢様方なんだか）

こんなおかしな王命など、絶対に訳ありで厄介ごとの気配しかない。

その予感がフェリクスの気をさらに重くさせている。

そうはいっても、今さら逃げることなどできない。

屋敷のほうから使用人を連れたマクセンが戻って来るのを確認したフェリクスは、一度眼鏡をかけ直し、営業用の笑みを浮かべた。

「遠いところまでよくおいでくださいました。わたくしはディルク・ノリスの妻、ユーナです。お待ちしておりましたわ」

「フェリクス・シュミットと申します。このたびは急な話だというのに滞在を受け入れてくださり、誠にありがとうございます。極力、ご迷惑をおかけしないよう努めますので」

使用人の案内で屋敷内に足を踏み入れたフェリクスを迎えたのは、領地経営を一手に担うやり手と噂のユーナ夫人だ。

プラチナブロンドの美しい髪をしっかりと結い上げた美人で、ややつり目がちの目元やピンと伸びた姿勢が実にさまになっている。

そんなユーナ夫人の後ろには娘と思われる三人の女性が立っていた。

この中の一人を妻として選ばなければならないのか、とフェリクスは意図的に彼女たちから視線を逸らした。

「いずれ家族になるのです。あまりかしこまらないでもらえたら嬉しいわ。王都より娯楽も少ない何もない領地ですけれど、せっかくですからこの機会にのんびりと過ごしてください。普段はとても忙しくしておいでででしょう?」

どうやらユーナ夫人の中でもフェリクスが娘の誰かと結婚することは決定事項らしい。

フェリクスは内心で盛大なため息を吐きつつ、胸に手を当てて隙のない礼をしてみせた。

「お心遣い、痛み入ります」

軽く頭を下げたことで、フェリクスの黒髪がサラリと揺れる。

誰もが見惚れる美しい所作に、美しい容姿。

ユーナ夫人も感心したようにため息を漏らした。

「疲れているでしょうから、今は簡単な挨拶だけにしましょう。きちんとした紹介は夕食の時に。貴女たち、前へ」

ユーナ夫人が後ろを向くと、これまで黙って待機していた三姉妹が一人ずつ前に出てくる。

「長女のフランカですわ。……どうぞよろしくお願いいたします」

最初に挨拶をしたのは長女のフランカ。

ユーナ夫人と同じプラチナブロンドの長い髪を高い位置で一つに結んでいる。気の強そうな顔つきのせいなのか、感情が隠しきれていないのか、どうもフェリクスをにらみつけている。

「初めまして！　次女のナディネです」

続けて挨拶をしたのは次女のナディネ。

短く切った濃いオレンジ色の髪で、こちらは姉のフランカとは違い朗(ほが)らかに笑っている。

三人の中で最も背が高く、どことなく筋肉質な体格だ。

「三女のメアリと申します」

最後に挨拶をしたのは三女のメアリ。

姉二人の髪色を混ぜたような蜂蜜色に輝く金髪を下ろしたヘアスタイルからおとなしそうな印

象を受ける。

ウェーブがかったフワフワとした髪質も相まって、ニコニコとした愛らしい微笑みを浮かべる彼女は、フェリクスの目にどこか頼りなく映った。

だからだろうか、フェリクスはなぜかメアリから目が離せなかった。

「改めまして、フェリクス・シュミットです。どうぞ気軽に名前でお呼びください。今日からしばらくお世話になります」

思うところはあったが、それら全てを胸の内にしまい込んだフェリクスは当たり障りのない言葉で挨拶を返す。彼女たちの反応は三者三様で、性格はそれぞれまったく違うようだ。

フェリクスは、誰を選ぶかによって今後の自分の人生が決まる……とまでは思っていないが、面倒な女だけは避けたいと考えていた。

(消去法になるだろうな)

笑顔でだいぶ失礼なことを考えつつ、彼女たちといったん別れたフェリクスは、使用人の案内で一カ月間過ごすことになる部屋へマクセンと共に向かった。

(頭の悪い女を妻にする気はない。どうせ訳ありの娘を押し付けられるのなら、しっかり見極めさせてもらうとしよう)

自分もまた彼女たちに見定められることはフェリクスもわかっている。

だが、最終的な決定権を持つのはフェリクスだ。

その事実が、彼の人を見下しがちな部分に影響を与えるのであった。

夕食までしばしの自由時間を得たフェリクスは、案内された二階の部屋で手早く荷物を片付け、窓辺に置かれた椅子に腰かけて休憩をしていた。

タイミングよくお茶を運んで来たメイドに礼を告げると、メイドは頬を赤く染めて退室する。

女性のこのような反応にフェリクスは慣れている。

彼は、自分の容姿が人より優れているという自覚があり、それを人心掌握に役立てていた。

「今のメイドの子、可愛かったのに間違いなくフェリクスに一目惚れしたよな。くそ、これだから顔の良い男は」

「ならお前が茶を淹れろ」

「可愛い女の子の頼みだったら喜んで練習する」

「残念だったたな。うちには男しかいなくて」

「そう！　だから早く可愛いお嫁さんを連れ帰ってほしいね。未来の奥様の頼みなら、いくらでもお茶を淹れるから」

相変わらずの減らず口だと思いながらも、これ以上の言い合いは不毛。こちらだってマクセンの淹れたお茶が飲みたいわけではないと、フェリクスは黙ってカップを傾けた。

「……疲れた。二日連続徹夜で仕事をしていた時のほうがマシだな。これが一カ月も続くのか」

「俺としては最高だけどな。ノリス三姉妹はそれぞれ違う魅力があるし！　正直、羨ましくて仕方ないが眺められるだけでもありがたいね！　いやぁ、フェリクスの従者をやっていてよかったなー」

マクセンの軽いざれごとを完全に無視し、フェリクスは天井を見上げてからゆっくりと目を閉じた。

迎えた夕食の席。フェリクスは常に穏やかな笑みを顔に貼り付けていた。

それは彼だけではない。ユーナ夫人やナディネ、そしてメアリも同じ。

ただ一人、フランカだけが険しい表情を保っていた。

そのことに誰も意識を向けないノリス家の女性たちをフェリクスは少々薄気味悪く思う。窘めるでも妙な空気になるでもなく、それを当たり前のことのように受け入れているのが不気味だ。

（なるほど。おそらくフランカ嬢はこの婚約者選びに乗り気ではないのだろうな。大方、僕に嫌われようとしているといったところか。涙ぐましいね）

人の顔色を窺いながら常に最適解を導いてきた彼にとって、フランカの思惑など手に取るようにわかる。それが透けて見える者は、フェリクスが思う〝頭の悪い人間〟であった。

初日から前途多難だ。

しかしどうせ三人の中の誰かを選ばなくてはならない。

そこまでわかりやすく嫌だと主張するのなら、フェリクスは次女のナディネを選んでも別に良かった。

（ただ、あまりにも態度が悪いのなら……素直に策に乗ってやるのも、な）

フェリクスが僅かに口角を上げたのを、メアリだけが見ていたことには誰も気付かなかった。

夕食の時間は、他愛もない談笑を挟みながら穏やかに過ぎていく。

フェリクスはどこまでも好青年を装い、ノリス領地がいかに豊かであるかを話し、名産品であるワインのことを語る。

合間に広大な自然の管理について質問を挟み、施策に関心を寄せ、さらに彼女たちの父親であるディルクの王都での活躍ぶりを伝えるなど、話題に暇（いとま）がない。

すでにユーナ夫人はフェリクスへ好印象を抱いているようだ。

だが、一方で婚約を回避したいのであろうフランカは、意地になって粗を探している。

手に取るようにわかる彼女の姿に、フェリクスの脳内評価はますます下がっていく。

彼女のもくろみはある意味で成功していると言えるのだが、好き嫌いで選んでなどいられないという、半ば悟りの境地に達しているフェリクスには無駄なことだ。

「そろそろわたくしは席を外します。ただし、あまり遅い時間まで話に花を咲かせないでくださいませね」

「ははは、もちろん心得ていますよ。お嬢様たちに夜更かしをさせるわけにはいきませんから」

夫人が食卓を後にし、テーブルにデザートが並べられたところで、フェリクスは自分から三姉妹に今回の婚約についての話を切り出すことにした。

「急な話で驚かれたでしょう。貴女方には本当に申し訳ないと思っています。面識もない男が滞在することになって……さぞや不安ですよね」

思ってもないことを口にしたフェリクスであったが、素直なナディネは真に受けたようで。

あまりにも申し訳なさそうに眉尻を下げるフェリクスを見て、大いに慌て始めた。

「そ、そんなことはありませんよ！　フェリクス様こそ、初めて来る屋敷に滞在しなければならないのはストレスになるでしょう？　お互い、言いっこなしです！」

「そう言ってもらえると、いくらか心が軽くなりますね。ありがとうございます、ナディネ嬢」

「い、いえ……」

笑顔で答えたフェリクスを見て、ナディネはなぜか引きつった笑みを浮かべる。

（……なるほど。彼女たちの意図がわかってきた）

おそらく彼女たちはフェリクスにナディネを選んでもらいたいのだろう。

しかし、当のナディネはフェリクスに興味があるわけではない、といったところか。

（これまで女性には好意ばかりを向けられてきたが、ノリス姉妹はそういうわけではないらしい。

新鮮だな）

言い寄られることがほとんどだったフェリクスにとって、彼女たちの反応は珍しい。

そのせいか、好意的な態度を取られないということが、フェリクスの好感度を少しだけ高めていた。

一方、妹の姿を見て思うところがあったのか、なんとも言えない雰囲気に耐えかねたのか、今度はフランカが焦ったように口を開いた。

「フェリクス様。ハッキリと申し上げておきますわ。きっと貴方は自分が選ぶ側だと思って余裕ぶっているのでしょうけれど、こちらにだって選ぶ権利はありますからね」

やや喧嘩腰にそう告げたフランカに対し、彼女の態度をある程度予想していたフェリクスはどこまでも冷静だった。

穏やかに、それでいて少し困ったように微笑みながら言葉を返す。

「ええ、それは当然のことでしょう。僕がどなたを選んだとしても、断られてしまっては仕方ありません」

フェリクスの余裕な態度が気に食わなかったのだろう、フランカの怒りに火がついたようだ。

「仕方ない、では済まないことくらいわかるでしょう？　陛下の命なのですから」

「そうですね、とても困ったことになります」

「困るって……他人事のようにおっしゃいますのね。ご自分のことでしょう⁉」

「他人事だなんて思っていませんよ。人の気持ちばかりは努力だけではどうにもなりませんから。焦ったところで意味はないかと」

「〜〜〜っ！　もういいわ！　貴方、何も考えていないのね」

「そんなことはありません。せっかく一カ月あるのです。短い期間ではありますが、僕は貴女方に少しでも歩み寄りたいと思っていますよ」

胸に手を当てて真摯な態度を見せるフェリクスに、フランカも一瞬だけたじろぐ。

見目麗しいフェリクスを素直に素敵だと思える心もあるのか、フランカの頬は赤くなっている。

「まだ出会って一日も経っていません。ですが、もし僕が貴女を選んだ時は、許しを得られるよう努力はいたしますよ」

そう言ってフェリクスが笑みを向けると、フランカはさらに赤面した。

それが、好ましいと思っている、いないとは関係のないことだということくらいフェリクスもわかっている。

相手を赤面させ、正常な思考を崩し、自分のペースに持っていく。

これこそが、己の容姿を利用したいつもの手口なのだ。

「ふ、ふんっ。せいぜい頑張るといいわ。誰を選ぶかは勝手だけれど、私たちのことはそう簡単に落とせないわよ」

「おや、お手柔らかに頼みます」

腕を組んでそっぽを向くフランカを見ながら、フェリクスは確信した。
彼女をその気にさせるのは、おそらく簡単だろうと。

第二章　メアリの事情

――時は少し遡る。

平穏な日々を送るノリス家にその話がもたらされたのは、フェリクスが父親に呼び出されるよりもずっと前のことだった。

近衛騎士であり騎士団の副団長を務めている父親から珍しく届いた一通の手紙。

それが彼女たちに嵐を呼んだ。


「どういうことですか、これ！」

「ね、姉様、落ち着いて！」

「どうもこうも読んだままよ。貴女たちの誰かがシュミット侯爵家へ嫁がなければならないの。これは王命ですから、絶対に断ることはできないわ」

バンッと大きな音を立てて手紙をテーブルに叩きつけたフランカは、直情型であまり我慢が利かない。

そんなフランカに対して冷めた目で諭す(さと)のは、母であるノリス伯爵夫人のユーナだ。

仕事で領地に滞在できない主人の代わりに一人で領地経営をこなす女傑(じょけつ)として名を馳せている。

「さすがに急な話だとはわたくしも思うけれど、婚姻の話はいつ来てもおかしくはなかったでしょう？　それに、良い縁談が来た場合は話を受けると以前から言っていたはずよ」

「そ、それはそうですけれど……。私はこの領地を継ぐために、どこかから婿に来てもらう話でしたのに」

　夫人の言葉に、フランカも急速におとなしくなっていく。

　しかし、夫人も彼女の言い分がわからないわけではない。

　せっかく領地経営の勉強が楽しくなってきたところだというのに、その努力が何もかも全て水の泡になってしまうかもしれないのだ。

「それさえも、貴女がまだ先でいいと話を進めなかったからでしょう。婚約者が決まっていたら、こんなことにはなっていなかったわ」

「……はい」

「それにフランカ。貴女はもう二十五歳でしょう？　いつまでも殿方のほうから声をかけてくれるとは思わないことね」

「わかっています」

「それとも、まだケビンの件を気にしているのかしら」

「……いいえ。その話はすでに私の中で終わっています」

　フランカはついに黙り込んでしまった。

ケビンとは、フランカの元婚約者のことだ。

仲の良い二人は結婚を待ち望んでいるように見えた。

しかし七年前、結婚式も間近という時にケビンは不慮の事故により命を落としてしまったのだ。

ユーナ夫人はそのこともあって、フランカにはある程度の自由を与えていた。

しかし今回の話が舞い込んできたことで、そろそろ次に進んでほしいと思っている。

「で、でも、まだ婚約相手はフランカ姉様と決まったわけではないでしょう？」

気まずい空気の中、フランカをフォローするように声を上げたのはナディネだった。

ぱっちりとした丸い目を何度もまたたかせ、大好きな姉を慰めようと必死だ。

「それはそうね。でもお相手のフェリクス・シュミット様は頭の良い女性が好みなんですって。シュミット侯爵からの情報だから間違いないわ」

「くっ、姉様ごめんなさい。私がもっと賢ければ……！」

ナディネは自分が頭脳派ではないことを理解していた。

勝手に絶望し、落ち込んでいるナディネを見て、ユーナ夫人は小さくため息を吐く。

「何を言うの。ナディネは戦略を練ることにかけては誰にも負けないでしょう。戦いの勘もずば抜けているわ。それは騎士としてはこれ以上にない強みよ。その点で言えばナディネも自慢の賢い娘だわ」

「お、お母様……！」

ユーナ夫人の言う通り、ナディネは戦や護衛のこととなると恐ろしく頭の回転が速い。

そこだけ見れば間違いなく賢いと言えるが、それ以外のことには驚くほど疎(うと)いという欠点もあった。

だが、フェリクスがどう思うかは本人にしかわからない。ナディネを選ぶ可能性も十分にある。

「ナディネ、私の代わりに自分が嫁ぐと言っているように聞こえるけれど、貴女は第三騎士団の団長様に憧れているのでしょう？」

「い、いやですね、姉様！　憧れはあくまでも憧れですよっ！　さすがに理想と現実の区別くらいはつけられますって！」

あはは、と明るく笑いながら手をブンブンと振ってはいるが、実際ナディネは本気で騎士団長に恋をしていた。

団長に少しでも近付くために剣の腕を磨き、最近になってようやく女性騎士団への入団が決まったところだ。

ただあまりにも雲の上の存在であるため、この恋が実らないであろうこともわかっている。

だからこそナディネは、スッパリ諦めるためにも丁度いいかもしれないと思ったのだ。

「そうは言っても……フェリクス様はスラッとした方だと聞いているわ。貴女の好みとはだいぶかけ離れているじゃない」

「それはそう、ですけど……。ほ、ほら。人は外見じゃないでしょう？」

騎士団長は大柄で筋骨隆々とした、見た目からしていかにも強そうな男。

実際にナディネは男らしくて自分よりも遥かに腕っぷしの強い人がタイプであった。

「大丈夫です！　そこは気にしないでください。ただ、私が選ばれる可能性が低いのが問題です。フランカ姉様、ここはわざと嫌われるような態度をとってみるのはどうですか？　そうしたら消去法で私を選ぶかもしれません！」

「そうしたいのは山々だけれど……でもやっぱりダメよ。貴女に望まぬ結婚をさせるわけにはいかないわ」

「貴族に生まれたからには覚悟の上ですよ。これが最善です。この領地はフランカ姉様が継ぐべきですし、私は結婚して王都に住むことになっても問題はありませんから。もしかしたら、結婚後も騎士を続けさせてくれるかもしれませんし！」

二人の話をユーナ夫人は黙って見守っていた。

あくまで選ぶのはフェリクスであるが、結婚するのは彼女たち。

できれば娘たちには幸せになってもらいたい母心もあるため、よほど大きな問題にならない限りは好きにさせたいと思っているのだ。

「あ、あの」

埒（らち）が明かない話し合いが続く中、ずっと黙って様子を見ていた三女のメアリが口を開いた。

「ああ、メアリ。貴女は何も心配しなくていいのよ。貴女だけは絶対に嫁がせないから安心して？」

「姉様の言う通り！　ここは私に任せてちょうだい。こんなに可愛い妹を、よく知らない男の下になんて嫁がせるものですか！」

「フランカもナディネも姉の鑑（かがみ）ね。わたくしとしても、メアリには好きになった殿方と幸せな結婚をしてもらいたいわ」

「「当然です!!」」

「……」

メアリは家族に溺愛されるがゆえに言葉を遮られ、孤立してしまうことが多い。今回もまたいつものパターンのようだ。

結局、話はナディネが婚約者に選ばれるように動くということでまとまった。

話し合いを終えて自室に戻ったメアリは、ドアを閉めると大きなため息を吐く。

「姉様たちが困っている……。やっぱり、フランカ姉様にはこのまま領地経営の勉強をさせてあげたいわ。お気持ち的にも複雑だろうし……。ナディネ姉様にも、好みに近い殿方と結婚して幸せになってもらいたい。私だって、ノリス家の一員なのに……」

家族から大事にされるのはありがたいが、少し除（の）け者にされているような気がして悲しくなってしまうことがある。

自分も姉たちのことをとても大切に思っているのに、ここまで大事に甘やかされるほど子どもでもないのに、と。

「姉様たちの役に立ちたい。なんとかしてフェリクス様に私を選んでもらえないかしら」

メアリはそう考えたが、自分が最も婚約者候補から遠いことも自覚していた。

メアリは現在十八歳。

フェリクスとは年が十歳も離れているし、賢い女性を望む彼にとって小娘は最初から候補外である可能性すらある。

そうでなくとも、メアリはフランカのようにとても勉強ができるわけでもなければ、ナディネのように戦いの知識もない。

ほかに特別な知識を持っているわけでもないし、外見も姉のように理知的にはとても見えない。

メアリのやや垂れ目でふわふわとした髪、人形のような可愛らしさとおっとりとした雰囲気は多くの人に好まれるものの、フェリクスの好みとは正反対だろう。

しかしそれこそが彼女の良さであり、婚約の申し込みが山ほど来るくらい世の男性には人気がある。

ただそれも、メアリ命な家族によって全て揉み消されているのだが。

「人は見かけで判断してはダメ。そのくらい、賢い次期宰相様なら理解しているはずよね？」

自分に賢さはあるだろうか。

フェリクスの気をひくような魅力はないか。

自分には何ができるだろうか。

メアリは自問する。そして自答した。

「……賢い女性だと思わせることはできるかもしれないわ」

もしも婚約後に賢くないとバレたとしても、時すでに遅し。決定が覆ることはないというところまで隠し通せればいい。

騙し討ちのようで申し訳なさは感じるが致し方ない。姉たちが結婚しなくてすむのなら、メアリはそれでいいのだ。

特に結婚願望があるわけではないが、このまま自分だけ家族に守られるままなのは嫌だ。

メアリ自身は将来やりたいことがまだないため、王都に嫁いでも構わないと思っている。

むしろ、結婚後に何か目標を見つけられるかもしれない。

王都には、この田舎とは違っていろんな物があるのだから。

(何も見つけられなくても住む場所と周りの人が変わるだけだし、なんの問題もないわ)

メアリは結婚に夢を見たりしない、少々ドライな性格をしていた。

「確か、一カ月間この屋敷に滞在するのよね。それなら最初は……観察から。フェリクス様が実際はどんな方なのかを知らなければ」

もしもフェリクスがメアリを選んだのなら、もはや誰にも止めることはできなくなる。なにせ王命なのだから。

――自分が選ばれるように仕向けてみせる。

メアリは誰にも気付かれることなく、ひっそりと計画を立てることにした。


こうしてフェリクスが訪問してきた日の夜。

メアリはナディネの部屋を訪れた。

そこにはフランカの姿もあり、早速二人でフェリクスについての話をしていたようだ。

もちろん、そうだろうと見越してメアリも訪ねている。

「失礼します、お姉様」

「メアリ、どうしたの？　もしかして見知らぬ男性が同じ屋敷にいるのが怖くなった⁉」

「こっちへいらっしゃい。可愛い子」

姉たちは溺愛しているメアリを優しく迎え入れた。

「ごめんなさい。お話し中でしたか？」

「いいのよ。それよりもメアリ、貴女まで巻き込んでしまってごめんなさいね」

「フェリクス様のことは私たちでどうにかするから、安心して！」

「いえ、そんな……」

ナディネはにっこりと微笑みかけてから、フランカとの話を再開させた。

「フランカ姉様の鋭いまなざし、最高でした！　きっと悪い印象をあたえたのではないでしょうか」

「そうかしら？　母様に似たつり目が良かったのかもしれないわね」

「ふふっ、美人が怒ると怖いですからね。ですがまだ油断はできません。婚約者候補に最も近いのは姉様ですから。言葉や態度で敵意を示しましょう。まずは相手の戦意を削ぐことが大事です」

ナディネはまるで戦かのように戦略を立てる。

「私、思ったことはつい口に出してしまうもの。きっと、無理に頑張らなくても嫌われるような言動はできると思うわ」

「頼もしいです！　私のほうは……できるだけ馬鹿なことをしでかさないように気を付けます。うぅ、それが難しいのですけど」

メアリは人知れず密かに腹を立てていた。

次期宰相フェリクス・シュミット。

夕食会で姉たちと会話をする姿を見て、メアリの目に彼は人を見下すタイプに映った。

(人の良さそうな笑みを浮かべていらしたけれど、目は笑っていないように見えたもの。それに、返事に淀みがなさすぎるわ。きっと、普段から上辺だけのやり取りに慣れていらっしゃるのよ)

偏見が混ざっていることは否めない。

だが、メアリの洞察力は非常に鋭く、実際フェリクスについてはその通りである。

「あの、聞いてください。私、姉様たちの役に立ちたいのです」

「ああ、メアリ。なんて良い子なの。貴女にそこまで心配をさせてしまっていたなんて、姉失格ね」

「いえ、そういうことでは……」

「大丈夫、この件は姉様たちに任せなさい！　メアリが心配する暇も与えないから！」

「そうね、安心なさい。メアリには指一本触れさせないわ」

「……私も姉様たちに幸せになってもらえるよう願っています」

姉たちに強烈な妹保護を宣言されながら、メアリは自分が立てた計画をより一層実現させてみせると強く思う。

メアリは姉たちが大好きなのだ。

◇

翌朝。

メアリは早起きをして身支度を済ませると、厨房へ向かった。

「おはようございます」

「おはようございます、メアリお嬢様。こんなに早くから、いかがされましたかな？」

朝食の準備に忙しいシェフたちだったが、メアリの訪問に嫌な顔ひとつ見せない。

彼らもまた、愛らしいメアリが可愛くて仕方ないのだ。

「忙しい時間に邪魔をしてしまってごめんなさい。あの、少しお願いがあって」

「いえいえ、何でもおっしゃってください」

「フェリクス様のメニューだけ、お肉を少なめ、お野菜を多めにしてほしいの」

「それは構いませんが……でも、どうしてですか？　まさか！　何か言われ……」

「ううん、そうじゃないわ。ただ、昨日の夕食の時にお野菜を好んで食べていらしたから。全て召し上がってはいたけれど、お肉料理は食べるペースがとても遅かったの。もしかしたら苦手なのかもしれないと思って」

夕食会でメアリはフェリクスの観察をしていた。もちろん、ただジッと見つめ続ければ不審がられてしまうので、あくまでもさり気なく、だ。

母や姉たちがフェリクスと話している間も会話に耳を傾け続けた結果、メアリは一言も喋らないまま会を終えたのだが。

しかし、メアリはそれで良かった。

自分の中でフェリクスが好青年という確信が持てない以上、余計なことを口にすべきではないと心得ているからだ。

そうは言っても、直感ではフェリクスが上辺だけ良い人を取り繕っているように思えて仕方ない。それでも思い込みで動かぬよう見極めから入る程度には、メアリは慎重派だった。

「メアリ様は周りをよく見ていらっしゃいますねぇ。それにお優しい。わかりました。量を調整してみましょう」

「ありがとう。いつも美味しいお料理を用意してくれるのも感謝しているわ。今日の朝食も楽しみにしているわね」

「メアリお嬢様……嬉しいことをおっしゃってくださる。ええ、任せてください！」

厨房を出たメアリは、ダイニングへと向かった。

ダイニングへ辿り着くには屋敷の構造上、リビングを通らなくてはならない。

大きなドアを開けてリビングに一歩足を踏み入れると、そこには普段はないはずの人影がある。

メアリがわずかに驚きピタリと足を止めると、声をかけられた。

「おはようございます、メアリ嬢。すみません。早くに目が覚めてしまったので、水をいただけたらと思いまして」

「おはようございます、フェリクス様。そうでしたか。えっと、少しお待ちください」

メアリはいつも考えてから言葉を発するため急な会話にはあまり慣れておらず、心構えができていないと少々戸惑ってしまう。

それがまだよく知らない観察対象である者なら余計に。

ドキドキしながらどうにか言葉を返して、メアリはできるだけ急いでダイニングへと向かった。

その後を追うようにフェリクスも動く。

メアリ任せにせず、自分で水を貰いに行くつもりらしい。

それが彼の表向きの姿勢なのか、それとも当たり前のように身に付いた行動なのかの判断はまだできない。

いずれにせよ、配慮ができるのは良いことだとメアリは思った。

「おはようございます、メアリお嬢様……と、フェリクス様⁉　あっ、あのっ、いかがされましたかっ⁉」

ダイニングではメイドたちが朝食の準備を進めていたが、メアリの後ろにいたフェリクスに気付いて動揺し始めてしまう。

メイドたちは一般的な乙女。不意打ちの見目麗しい男性の姿にはめっぽう弱かった。

「フェリクス様がお水をいただきたいそうなの。でも、忙しそうね。私が取りに……」

「いいいいいえっ、メアリお嬢様にそんなこと、させられません！　大丈夫です、お任せくださ い。フェ、フェリクス様、少しお待ちくださいね‼」

「仕事中に申し訳ありません。ですが、助かります。ありがとうございます」

申し訳なさそうに眉尻を下げて微笑むフェリクスに、メイドたちの視線は釘付けとなる。やはり整った顔の微笑みは、乙女に想像以上の影響を与えるようだ。

メアリはその様子を不思議そうに眺めた後、フェリクスに着席を勧めた。

それから自分は座らず、バルコニーへと繋がる大きな窓付近に立つ使用人に近付いていく。

レースのカーテンがかかったその窓は、たくさんの光を部屋の中に取り込んでいるため、ダイニングは明かりを点けなくても良いほど明るい。

空が晴れ渡った日にこの部屋で摂る朝食がメアリは大好きだ。

しかし今日は――。

フェリクスが水を待っている間に、メアリは手早く用事を済ませる。

そのまま逃げるようにリビングのほうへ立ち去ろうとした時、背後から声がかけられた。

「メアリ嬢、どうもありがとうございました」

「えっ？」

「ダイニングまで案内して水を頼んでくれたでしょう」

まさかこの程度でお礼を言われると思っていなかったメアリは、一度パチクリとまばたきをした。

フェリクスの微笑みはとても美しいが、それにときめく乙女心を彼女はまだ持ち合わせていない。

やはり、メアリにはどうしても作られた笑みのように見えるのだ。

とても優しそうであるし、こちらに好意的だとも思う。

だが、どうにも壁を感じる。

なぜそう感じるのかはわからないが、メアリは自分の勘を信じることにした。

　しかし決め付けて行動するには早計だ。

　メアリはそれら全てを心の内にしまい込むと、ふわりと微笑みを返した。

「お力になれたのなら良かったです」

　その瞬間、フェリクスがほんの少しだけ片眉を上げたのをメアリは見逃さなかった。

（何に驚いたのかしら……？）

　メアリはフェリクスの僅かな変化に少しだけ疑問を抱いたが、特に気にすることなくそのままダイニングを後にした。


「メアリ嬢……何を考えているのか、読めないな」

　一方で、残されたフェリクスがそう呟いたことは、誰の耳にも入ることはなかった。


　水を飲んで自室に戻ったフェリクスは、朝食の時間になるまで本を読むことにした。

　しかし、内容はほとんど頭に入っていない。

（メアリ嬢、か）

　文字を眺めながら考えていたのは、先ほど会ったメアリのことについて。

　思えば屋敷に来た時に簡易的な挨拶をしただけで、彼女とは会話をしていなかったことにフェリクスは気付いたのだ。

十八歳と若いメアリは、フェリクスの中で婚約者候補として挙がってさえいなかった。

（常にニコニコ微笑んでいて、ふわふわしているというか、ほんわかしているというか……）

脳内でさえ明言を避けていたフェリクスだが、簡単に言うとメアリはなんの個性もない普通の令嬢に見えるのだ。

（僕を見ても、見惚れたり赤くなったりする素振りがなかったのは評価できる）

先ほどメアリを見て驚いたのはそのためだ。

姉二人が自分に興味を持たないのはすでにわかっているが、普通の令嬢である三女もそうだというのは意外だった。

メアリくらいの少女ならほとんどがあからさまに熱のこもった視線を向けてくるのに、それがないというのはフェリクスとしては大変好ましい。

とはいえ、彼はたったそれだけで惑わされるような男ではない。

「フェリクス、水が飲みたいなら俺に言ってくれればよかったのに」

「一人で屋敷内を歩いてみたかったからな。次からは頼む」

「はいはい。それで？　どうだったんだ？」

朝から軽口を叩くマクセンに一般的な意見を聞くべく、フェリクスは話を振ってみることにした。

「メアリ嬢に会った。マクセン、彼女のことはどう思う？」

自分でなければ彼女に惹かれる男はたくさんいるだろう。むしろ、一般的にはメアリ嬢のような庇護欲をくすぐるタイプが好みの者が多いかもしれない。

そう思っての質問だったのだが。

「え、お前、メアリ嬢が気になってんの……？」

なんでもかんでも恋愛に結び付けがちなマクセンの意見は当てにならないかもしれない。

フェリクスが冷たいまなざしを向けると、彼の性格を良く知るマクセンは「冗談だって」と言いながら質問に答えた。

「めちゃくちゃ可愛いお嬢様だと思う。フランカ嬢やナディネ嬢とは違う雰囲気だよな。ほんわかしててさ。いい意味で普通の無害なご令嬢って感じ。正直、俺のタイプ」

「やっぱりな。お前はそう言うと思った」

「なんだよ。フェリクスだって、メアリ嬢が可愛いって思うだろ？」

「……愛らしいという印象はある」

「お、意外に素直じゃん」

「ただの感想だろう。いいか、マクセン。手を出すなよ」

「わかってるって」

やはり、一般的に見てメアリは男性受けするようだ。

「次期宰相の妻、か」

フェリクスは読んでいた本を膝の上に置き、これまで自分が向けられてきた恨みや妬みの籠った視線や、受けてきた被害の数々を思い出した。

父が宰相であるというだけで、生まれた時からフェリクスも同じ道を歩むことが望まれていた。

ただ、宰相職は世襲制ではない。能力があれば息子でなくともその職に就くことができる。

だからこそ、フェリクスは普通以上に努力をしなくてはならなかった。

宰相の息子なのに出来が悪いと思われては、ほかならぬ父が泥をかぶることになる。

憎まれ口を叩き、素直にはなれないフェリクスであったが、父のことは尊敬している。

そんな父が悪（あ）しく言われることだけは、絶対に許せなかった。

恨みを買うことも、妬まれることも、フェリクスにとっては些事（さじ）である。

全てをねじ伏せられるほどの実力をつけたことで、今や文句を言う者は誰もいない。

だが、人の感情はそう簡単に消えるものではない。

恨みや妬み、怒りや悲しみ。

行き場を失ったそれらは、いつフェリクスに牙を剝くかわからない。

弱みを見せれば、付け込まれる。

フェリクスは、一時たりとも気を抜くことができなかった。

（そしてそれは、僕の妻になる者にも向けられることになる）

だから妻になる女性も賢くなくてはならない。

誰に恨まれ妬まれても、対処できるほどの要領の良さや実力が伴っていなくては務まらないのだ。

三姉妹の誰かがその重圧を背負うのかと思うと、フェリクスは僅かながらに胃が痛む。

ただそれは、彼女たちへの同情では決してない。

眼鏡を外し、目頭をほぐしながら彼は小さく息を吐いた。

(今でさえ鬱陶しいことこの上ないというのに、さらに妻の分まで背負うことになるのか。ああ、結婚など面倒で仕方がないな)

もちろんできないわけではないし、いざ結婚したら妻に対しできる限りのフォローはするつもりだ。そのくらいの責任感はフェリクスも持ち合わせている。

ただ、余計な仕事が増えるのが憂鬱なだけだった。

そうこうしている間にやって来たメイドから朝食の準備が整ったと知らされ、フェリクスは重い足取りでダイニングへと向かった。


(ん……？　暗い？)

ダイニングに入った瞬間、フェリクスは違和感に気付いた。

先ほどはあんなにも陽の光が射し込む明るい部屋だったというのに、今は薄暗さを感じたからだ。

フェリクスは近くにいたメイドに声をかけた。

普段ならそんなことは気にしないのだが、なぜか今は妙に気になるのだ。

「失礼。どうしてカーテンが閉まっているのですか？　先ほどは開いていたと思うのですが」

フェリクスからの質問に、メイドは頬を赤く染めながら答える。

「こ、この時間帯は、外からの陽が特に射し込みます。とても明るくて良いのですが、フェリクス様がお座りになられる場所は、眩しくて目が開けられないほどになってしまうので」

普段はレースのカーテンで済むのだが、今はフェリクスが快適に過ごせるように閉めざるを得なかったのだという。

「……なるほど、そうでしたか。お心遣いに感謝いたします」

「いえ、私もほかのメイドから聞いたことですから」

メイドはフェリクスを席に案内した後、一礼をしてその場を離れた。

「一応は、歓迎されているようですね」

従者モードでマクセンが耳打ちをしてくる。

確かにその通りだ。こちらを歓迎する気持ちがなければ、このような細やかな気配りなどされないだろう。

フェリクスが椅子に座って少しした後、三姉妹が揃ってダイニングへと入ってきた。

「あら、今日はカーテンが閉められているのね？」

「本当だ！　どうりで暗いと思った！」

フェリクスと同じようにすぐ気が付いたフランカとナディネは、近くにいたメイドに理由を聞いて納得したように頷くと、特に気にした様子もなくそれぞれ席に着く。

フェリクスは、横目でチラッとメアリを見た。

彼女は穏やかな表情のまま視線をやや下に向け、おとなしく座っている。

(まさか、な)

何も考えていなさそうに見えるほんわかとした少女が、そこまで気を回せるだろうか。

唯一カーテンに触れなかったが、口数少ないだけだろう。

少し考え、フェリクスは頭によぎった考えを否定した。

もしそうだとしても、随分と気の利く少女だと思うだけ。

ただそれだけだ。

第三章　婚約者との相性

フェリクスがノリス家へやって来て五日が経過した。

朝起きて食事をし、日中は屋敷の周辺を歩くなどして過ごす。

王都では朝から晩までずっと仕事や勉強ばかりだったフェリクスにとって、こんなにものんびりとした時間を過ごすのはいつ以来だろう。

幼少期でさえ分刻みでスケジュールが決まっていた身だ。もしかすると初めてかもしれない。

だからこそどう過ごしていいかわからず、大半は一人で本を読む時間ばかりになっていた。

「今日も部屋で読書かー？　本来なら婚約者を選ぶため、彼女たちと積極的に関わらなきゃいけないんじゃねーの？」

マクセンの言うことは正しいが、どうにも気が乗らない。

フェリクスは目を閉じて不機嫌そうにため息を吐いた。

普段は気が乗らないというだけで仕事を放り投げることなどしないのだが、結婚の話となるとどうにも腰が重くなる。

フェリクスの中では、まだ婚約者選びを王命として割り切ることはできていないようだ。

（どうせノリス家の者はナディネ嬢を選んでもらいたがっているようだし、よほど問題がない限

りは彼女を選べばいい）

ノリス家での滞在期間は短ければ短いほど良いとフェリクスは考えていた。

本当なら今すぐにでも帰りたかったし、すでにフェリクスの中で誰を選ぶかはほぼ決まっている。

だが、あまりにも早いと不信感を抱かれてしまいかねない。

できれば円満に、当たり障りなく良好な関係を築いておきたいフェリクスは、あと一週間くらいは滞在してから決断しようと計画していた。

（とはいえ、そろそろ動き出さないとそれはそれで怪しまれてしまうな。やれやれ）

まだここでの生活に慣れていないという言い訳も、そろそろ限界だろう。

正直なところをいえば、初日でこの辺り一帯の地理は頭に入っていたし、次の日にはノリス家の人々が一日をどういったスケジュールで過ごしているのかや、ここで働く使用人の名前と仕事の持ち場まで把握してしまっていた。

「……そろそろ動くとするか」

「お、そうこなきゃな。で？　誰と過ごすんだ？」

ニヤニヤと腹の立つ笑みを浮かべるマクセンを一瞥し、フェリクスはその質問に答えることなく立ち上がった。

「マクセン。お前も自由に過ごしていい。だが僕の跡をつけるのだけは禁止する」

「はいはい、邪魔しませんよ。でも、何があったかは後で報告してもらうからな。旦那様に叱られるのは俺なんで」

　やはりマクセンを付けたのは自分の監視だったか。

　フェリクスは胡散臭い笑みを浮かべる己の父を想像し、苛立ちを覚えた。

「お前が叱られたところで、僕になんの支障が？」

　意趣返しというより八つ当たりの笑みをマクセンに向けたフェリクスは、背後で文句を言い続ける従者を置いて一人部屋を出た。


「ナディネ嬢。少しいいですか？」

「フェリクス様！　どうしましたか？」

「もし今日お時間があれば、領内を案内してもらえないかと思いまして。屋敷の周辺は少し見て回ったのですが……」

「ああっ、そうですよね。気が回らなくて申し訳ありません。今日はちょうど鍛錬も休む予定でしたし、構いませんよ！」

　もちろん予定を知っているからこそ誘ったのだが、それをわざわざ言うほどフェリクスも野暮ではない。

　ナディネは誘われたことに少し驚きながらも笑顔で快く了承した。

「実を言うと、領内のことは母様やフランカ姉様のほうが詳しいんですけど……二人とも執務で忙しくて。ごめんなさい、案内するのがこんな私で」

自分を婚約者として選んでもらうのが目的だろうに、わざわざ姉の名を出すなんて。彼女はあまり嘘の吐けない性格らしい。

彼女自身も婚約を拒んでいるから、積極的にもなれないといったところだろうか。

ナディネは本心を隠す気があるのかと疑問に思うほどわかりやすかった。

(考えが顔に出てしまうのは致命的だな。頭は悪くないようだが……頭が、悪い)

矛盾した言い方になってしまうが、それが率直に感じた印象なのだから仕方ない。

本心はどうあれ、自分が婚約者になるということがどういうことなのか、その自覚がナディネにあるのだろうか。

疑問に思ったフェリクスは、試すように笑顔で語りかけた。

「いいえ。僕が貴女に頼みたくてお願いをしているのですよ」

「はっ、あっ、えっと。……はい、その。お任せ、ください」

ナディネは戸惑ったように口籠り、曖昧に微笑んだ。案の定、彼女には自覚が足りないようだ。

姉のための使命より、本心では自分のことを優先したがっている。実に正直な反応。

別にそれが悪いわけではない。自分に正直なのは、流されやすいより良いとフェリクスは思っている。

　ただ、口では姉のためにと言っているのだろうに、態度が伴っていないのが残念だというだけだ。

「フェリクス様は馬に乗れますよね？」

「ええ、もちろん。馬で向かうのですか？」

「徒歩でもいいのですが、全体を見て回るには少し広すぎるといいますか……。馬で移動したほうが効率よく見て回れますので！」

　案内すると決まれば腹を括ったのか、ナディネは明るい笑顔で話を切り出した。

　そうしてすぐに思考を切り替えられるのは彼女の良いところだ。

　一方、いちいち自分のものさしで良し悪しを評価してしまうのは、フェリクスの悪い癖だった。

「ノリス領は広大な敷地に果樹園が広がっていますからね。畑もたくさんあるとか。食事の野菜はどれも新鮮で、大変美味しくいただいています。ここで採れたものを使っているのですか？」

　フェリクスにとって、このくらいの社交辞令はいつものこと。

　相手の領地の特産品を褒めることは喜ばせる常套手段だ。

　初日の夕食時にワインのことは話したが、それ以外のことはまだ伝えていない。話のネタとして取っておいたのである。

　もちろん、美味しかったのは本心だ。

　もし特産品が口に合わなかった場合は、ほかでは味わえないなどと言葉を変えただろう。

こういった部分でフェリクスは嘘を吐かない。

「そうなんです！　とっても美味しいでしょう？　一番有名なのはブドウなんですけどね。我が領は雨が少ないので果樹栽培が盛んです。でも土や水が豊かなので、農作物全般よく育つのですよ！　お口に合ったようで嬉しいです‼」

ノリス領の果樹園では主にワイン用のブドウを栽培している。

湿度が低く一日の寒暖差が激しい気候は、まさしく早熟品種のブドウ栽培に向いていた。

ノリスワインは一つのブランドとして確立しており、季節になると貴族たちの間で話題になる。

フェリクスもまた、このワインを好んでいた。

「今の季節は緑の葉をつけた美しいブドウ畑が見られます。馬で駆けながら見る景色はとても良いですよ」

「それは楽しみです」

饒舌（じょうぜつ）になったナディネの言葉にどうにか返事をしたフェリクスは、思わずフッと小さく笑う。

人の言葉の裏を読み合うような世界で過ごしてきたフェリクスにとって、彼女のように裏表のない性格は新鮮だ。

（人としては好ましい。婚約者としてではなく、友人として付き合いたいものだな）

フェリクスはため息を吐くのをグッと堪（こら）えた。

「ブドウ畑を見た後は町に寄ってみましょうか。馬を一時的に預けられる場所があるので、昼食を摂って帰りましょう」

「いいですね。ナディネ嬢のオススメを期待しています」

「お任せください！」

ナディネは領を褒められたのがよほど嬉しかったのか、ずっと上機嫌だ。

本心ではあったがこれほどの反応を返されると、フェリクスのなけなしの良心が少しだけ痛む。

そろそろスキップでもし始めそうなナディネの後を、フェリクスは苦笑しながらついていく。

向かった先は屋敷の裏手にある馬小屋で、ナディネは慣れた手つきで馬に声をかけながら入る。

「白馬がいればフェリクス様に映えそうなんですけどね」

栗毛の馬を連れて来たナディネはクスッと笑いながらフェリクスに手綱を差し出した。

彼女でなければ嫌味に聞こえただろうが、おそらくただの感想だろう。

ほんの数日でフェリクスはナディネのことをだいぶ理解していた。

「あれっ、メアリ？」

渡された馬を撫でていると、ナディネが驚いたように声を上げた。

どうやらメアリも馬小屋に来ていたようだ。

自然とフェリクスも目で彼女の姿を探す。

「馬車を使うの？　あ、買い出し？」

「うん。欲しい材料があって。ついでに飼料も買い足してこようかと」

「飼料も？　あー、もっと早く言ってくれたらついて行ったのに‼　ごめんね、メアリ。これからフェリクス様に領を案内するところで……」

「ううん、一人で大丈夫。ありがとう、ナディネ姉様」

姉妹の会話をやや離れた位置で聞いていたフェリクスは僅かに首を傾げる。

それに気付いたメアリがフェリクスに目を向けた。

「なぜ使用人に行かせないのか、というお顔ですね」

ドキッとフェリクスの心臓が音を立てる。

特にやましいことを考えていたわけでもないのに、なぜ動揺したのかはフェリクスにもわからない。

メアリの笑顔が、どこか大人びて見えたからだろうか。

それとも、疑問に思ったことをズバリと言い当てられたからだろうか。

「あ、メアリは自分で料理をするのが趣味なんです。うちのシェフとも仲良しですし、材料選びもこだわりがあるとかで、よく一人で町まで買いに行くんですよ」

意外な趣味を聞いて軽く目を丸くしたフェリクスは、普段から町へ一人で向かうと聞いてさらに驚いた。

「そう、でしたか。供の者はつけなくて大丈夫なのですか？」

「メアリも馬の扱いには慣れていますからね。それに、荷物は店の人が積んでくれるので大丈夫ですよ」

「あ、いえ。……そうなのですね」

大丈夫かと聞きたかったのは、そういうことではなかった。

本当は、メアリが一人で買い物に出ても危険な目には遭わないかが心配だったのだ。

だが、朗らかに教えてくれるナディネに聞き返すのもどうかと思い、フェリクスは微笑んで会話を終わらせる。

気にしていないということは、そういった心配もないということなのだろうと一人で納得をして。

「フェリクス様。この近くの町は王都と違って、すれ違う人みんなが顔見知りみたいなものなのです」

「え？」

思わぬ方向から答えを聞かされて、フェリクスは珍しく驚きの声を上げてしまった。

振り向くと、ニコニコと笑顔を浮かべるメアリがこちらを見ている。

「皆さん親切ですし、治安もいいので一人でも出歩けるのですよ」

メアリが意図を理解して答えてくれているのだとわかるまで、数秒ほどの時間を要した。

確かにあらゆる場所から多くの人が集まる王都と違い、ここは領民を中心とした田舎町。

外部から来る者がいないわけではないが、この地に足を運ぶ者は限られているだろう。そういった者ですら、顔見知りになっている可能性が高い。

フェリクスにとってはスリや暴力沙汰、強引な軟派などの不届き者が頻繁に捕まる王都が基準であったため、無意識に治安の心配が先に思い浮かんだのである。

(僕の育ってきた環境を考慮した上で、先ほどのわずかな言動の不自然さを察して……? いや、まさかな)

いつもあまり口を開かず、ニコニコしているだけのほんわかとしたメアリ。

そのおとなしく優しい性格は美点であるし、確かに良い娘だ。

誰もが彼女を愛し、守りたいと思うだろう。

かくいうフェリクスも、このまま危険のない場所で真っすぐ育ってほしいと思う。

「とても平和な領なのですね。失礼しました。いらぬ心配でした」

「いいえ。心配してくださって、ありがとうございます」

メアリはニコニコと返事をした後、では失礼しますと告げて馬車の準備を始めた。

それを見て、すかさずナディネが荷台と馬を繋げる手伝いをする。

フェリクスはその光景を黙って見守りながら、自然とメアリを目で追っていた。

(ただニコニコしているだけなのに、妙に人を惹きつける子だな。宰相の妻としてやっていくにはあまりにも頼りないが。メアリ嬢には彼女を守ってくれるような人物が夫としては適任だろう。それこそ騎士には人気がありそうだ)

人を守りたい気持ちの強い者が騎士を志すのだから、守ってあげたくなる娘はかなり需要があることだろう。

高尚な志など持ち合わせていないフェリクスにはよくわからない気持ちだ。

そんな彼は、一足先に町へと向かったメアリの乗る馬車が見えなくなるまで見つめていた。

◇

メアリは平和主義だ。

そしてあまり欲がない。

姉二人のようにやりたいことが特にあるわけでもなく、だからといって絶対にやりたくないと思うこともなかった。

メアリは器用だったため、一通りのことがそれなりにできる。

それでも万能ではない。

同じ年の令嬢より体力はあるほうだが小柄な身体は非力であるし、運動は好きでもセンスはない。

家族にさえ自分の意見を強く伝えることができないし、人見知りが邪魔をして親しくない相手とはあまり目を合わせられないという貴族としては致命的な欠点もある。

いつもほんわかとした笑みを浮かべるのはそれを隠すためだ。

だが、それでも困ることはなかった。

なぜなら、メアリには助けてくれる人がたくさんいる。

いつもニコニコしているメアリはみんなから愛され、少し頼めば、時には頼まなくても誰かが力になってくれるのだ。

(さっきは、たぶんうまくいったと思う)

カポカポと馬を進ませながら、御者台の上でメアリは先ほどのことを思い出していた。

彼女は昔から、人の会話が噛み合っていないことをすぐ察することができた。

なぜわかるのかと言われると、なんとなくとしか答えられない。

なぜならメアリにとっては、みんなが気付かないほうが不思議なことだからだ。

今回も、質問の意図がわかったから答えた。

いつも通りのことをしただけだったが、フェリクスは、何かに気付いたのだろうとメアリは思う。

(何が良い印象に結びつくのかわからないわね。それなら……うん、この調子でフェリクス様の視界に入る頻度を増やしていこう)

メアリは自分が人好きのするタイプだということを理解していた。

フェリクスに気に入られるかはわからないが、少なくとも嫌がられないよう振る舞える自信はある。

惚れてもらおうだなんてことは微塵も考えていない。

自分を婚約者にすれば全てが円満解決するということをわかってもらうのがメアリの目的だ。

(二人ともお昼には町に来るのよね。ナディネ姉様が連れて行くならあのお店だろうから……よし)

メアリの目下の目標は、フェリクスにナディネの異性の好みを知ってもらうこと。

明るくて嘘の吐けないナディネのことだ。すでにボロを出しており、フェリクスは何かしら察している部分もあることだろう。

だからこそ、ハッキリとわかってもらういい機会だとメアリは考えたのだ。

(ナディネ姉様がこの婚約に乗り気じゃないことがハッキリとすれば、私を候補に入れることも考えてくれるかも)

メアリはフェリクスより十歳も年下なのだから、子ども扱いされていることには気付いている。

だが、貴族同士の結婚でそのくらいの年の差はよくあること。

まずは思っているほど子どもではないと知ってもらえるよう、フェリクスの前では大人っぽく見えるような振る舞いを心掛けていた。

(男性を愛するとか、そういうのはわからないけれど。たぶん、うまくやれると思うわ)

生真面目な人でも、豪快な人でも、少し意地悪な人でも、メアリは相手に合わせてできるだけ波風を立てずに付き合える自信があった。

　フェリクスは身元もしっかりしているし、無駄に嫌なことをするわけでもないはずだ。彼と結婚することになったとしても、メアリはあっさりと受け入れてしまえると思っている。

（……愛することを求められたら困ってしまうけれど、そんなタイプには見えないわ。案外、お互いの利害が一致すると思うのよね。腹黒なんて大した問題でもないし。フェリクス様だって、頭が悪い女性でさえなければ私たち姉妹の中の誰でもいいと思っているはずだもの）

　そこに勝機がある。

　メアリは手綱を握る手にギュッと力を込めた。


　ほどなくして、メアリは町に辿り着いた。

　飼料を買うため店に馬車を停めると、店主がすぐに駆け寄ってきた。

「いらっしゃいませ！　今日はメアリお嬢様がいらしたんですね。いつものもので良いですか？」

「こんにちは。ええ、お願いしても？」

「もちろんでさぁ！　ほかの店でも買い物しますかい？」

　店主は慣れた手つきで馬の手綱を受け取りながら、にこやかに訊ねてくる。

「いいかしら？　いつも馬を頼んで申し訳ないのだけれど……」

「何をおっしゃいますか。ノリス家の皆さんがいるからこそ、この領は豊かで平和なんです。このくらい、なんてことないですよ！　メアリお嬢様が戻るまで水と草をやって、飼料も積んでおきますから」

「いつも本当にありがとう。とっても助かるわ」

「へへ……むず痒いねぇ。メアリお嬢様にそう言ってもらえるなんて、今日はいい日だ！」

こうしてメアリは、いつものように店主に笑顔で見送られながらほかの買い物へと向かう。

だが今日は、買い物へ向かう前にある場所へと足を進めた。


「わ、メアリ！　いらっしゃいませーっ」

町で人気の食堂に入ると、営業前にも関わらず元気な声で少女がメアリを迎えた。

「サーシャ、こんにちは。ランチ前の忙しい時にごめんね」

店員のサーシャはメアリと同じ年の幼馴染だ。メアリが幼い頃に初めてこの食堂を訪れたのをきっかけに、今では身分関係なく気軽になんでも話せる仲となっている。

「大丈夫だよ！　もう準備は終わってるから」

「ありがとう。今日はお客さんじゃないのだけれど、ちょっと頼みたいことがあって……」

家族にも遠慮をしてしまいがちなメアリが唯一本音で話せる相手はサーシャだけかもしれない。

そんな親友に、メアリは今の状況をかいつまんで説明した。

平和すぎる毎日にやってきた刺激という名の報告に、サーシャの目はキラキラと輝いていく。

「なにそれ、なにそれ！　面白いことになってるね？　あ、でも……それって、うまくいったらメアリが王都に行っちゃうってこと？　寂しくなっちゃうなぁ……」

「それが目標ではあるけど……うん、そうだね。私もサーシャとあんまり会えなくなるのだけが気掛かりかな」

一度は楽しそうに身を乗り出していたサーシャだが、計画が上手くいった後の別れを想像してその勢いが萎んでいく。

面白そうなことは大歓迎だが、大好きな親友がいなくなるのはやはり寂しいのだ。

「でも、確かにフランカ様にはこの領地を引き継いでほしいし、ナディネ様の好みは筋金入りだもんね。メアリがそう考えるのもわかるよ」

メアリは貴族家の娘。いつかはどこかに嫁いでいくことくらい、サーシャもわかっていた。

年頃でもある彼女に、そろそろそんな話が来るのではと覚悟をしていた部分もある。

メアリ自身の意思を尊重したいサーシャは、誰よりも彼女のことを理解しているのかもしれない。

「でしょ？　姉様たちにはやりたいことをやって好きに過ごしてほしいの。私は特にこだわりもないから」

「でもさ、もしそのフェリクス様？が嫌なヤツだったらいつでも言ってよね！　屋敷に殴り込みにいくんだから」

「ふふっ、頼もしい。でもまずは、フェリクス様に私を選んでもらうところからなの。だから……」

サーシャが再び乗り気になったところで、メアリは考えていた計画をサーシャに打ち明けた。

計画、といっても上手くいくかどうかは五分五分だ。

失敗しても特に害はなく、成功したら嬉しいといった程度の可愛い計画である。

「オッケー！　任せてよ。ちょうど今日のランチは職人たちに大人気の豚肉の甘辛照り焼きなんだよねー。ついでに、この可愛いサーシャちゃんがポニーテールで料理を運んじゃうよ」

普段のサーシャは長い亜麻色(あまいろ)の髪を低い位置でお団子にしている。

以前はポニーテールにしていたのだが、サラサラ揺れる髪型の評判がやけに良く、サーシャを狙う男たちで食堂がギュウギュウになってしまった事件以降、ろくに営業ができないのは困るということで彼女のポニーテールは封印されていた。

町のアイドル的存在であるサーシャはどんな髪型だろうがいつでも可愛いと思うメアリには、ポニーテールの何が男たちを惹きつけたのか理解ができない。

「人気のメニューにサーシャのポニーテールなら、きっと皆さん来てくれるよね。さりげなく職人さんたちにお知らせしてくる」

「お店が混乱しそうになったらお団子に戻すから、こっちのことはあたしに任せてよね！」

「うん、その辺りは信用してる。ごめんね、変なことを頼んで」

「いーの、いーの。お店が繁盛するのはこっちだって嬉しいことだし。ついでにそのフェリクス様とやらのお顔を拝んでやるんだから。ね、どんな見た目なの？」

サーシャに問われて、メアリはやや目線を上にして考えた。

観察はしていたが、主に内面を見極めようと必死だったせいですぐに外見が思い出せないのだ。

「黒髪で、緑の瞳をしているわ」

「……もう少し詳しく」

おかげで説明もこんなものである。

メアリが人の外見にあまり興味がないタイプだとわかっていたサーシャだが、めげずに掘り下げて聞くつもりだ。

「え、っと。身長はナディネ姉様より頭一つ高い、かな。眼鏡をかけてらして、真面目そうに見えるわ」

「へぇ、ナディネ様より背が高いなんて、なかなかじゃない。意外とかっこよかったりしてーっ」

「かっこいいかどうかは、わからないわ」

「そっかあ。じゃあ期待しないでおこーっと」

「ごめん、サーシャ。私、そろそろ行かなきゃ。まだ買い物があって」

「じゃ、後のことは任せて。また今度、お互いに報告し合いましょ！」

「もちろん」

二人の少女はニッコリと笑い合い、メアリは次の目的地へと足早に移動した。

◇

（絶景だな……）

絵画や彫刻鑑賞、美しい景色を見るのが好きなフェリクスは、馬で駆けながら見るノリス領の景色に心を潤されていた。

気の乗らない婚約者選びのための訪問ではあるが、良いものを見られたことに関しては素直に嬉しいと感じた。

「フェリクス様、そろそろ町へ行きましょうか。あまり遅くなるとお店が混み合ってしまうので」

「ええ、わかりました」

生き生きとした表情で告げるナディネに、フェリクスは当たり障りのない微笑みで返す。

内心では苦笑を浮かべているところなのだが、どうにか取り繕った次第である。

というのも、案内をしてくれている間、ずっとナディネの〝大好き自領語り〟が止まらなかったからだ。

とにかく故郷のことが大好きらしく、その愛がとても重い。

もしかしたら地元の者でも知りえない話があったのでは、とさえ思う。

ここに来る前にフェリクスもノリス領について勉強してきたが、話題についていくのがやっとだ。

(僕でなければついていけてなかっただろうな)

フェリクスは自分の話術の高さを心の中で自画自賛した。

そのおかげか、ナディネのフェリクスに対する好感度は上がったようだ。

(しかし、結婚後もこの調子で来られたら……さすがに疲れるな)

ノリス領のことを思えばナディネを選ぶべきなのだろうが、フェリクスの心はフランカを選ぶ道に傾きかけていた。

(そもそも、ノリス伯爵だってユーナ夫人とは離れて暮らしている。フランカ嬢はこのまま領で暮らし、僕は王都で暮らすというのも有りなのでは？)

ただそうなると、この領地がノリス家の物かシュミット家の物かで揉めそうではある。

フェリクスとしてはこのままノリス家の地として扱ってもらっても構わないのだが、そう簡単にはいかないしがらみというものがあるのだ。

(そううまくはいかない、か)

自分で思い浮かべた案をフェリクスはものの数秒で打ち消した。

平和にことを進めるには、やはりナディネを選ぶべきなのだろう。

(僕が妥協をするしかないのか？　……ああ、面倒臭いな)

その考え方はナディネに対してかなり失礼だが、フェリクスは気にしない。

それどころか、ノリス家のことまで考える自分は偉いとまで思っていた。

これをマクセンが知ったら、「もう少し人の心を思い出せ」と言われるだろう。

「フェリクス様、馬はあちらで預かってもらえます！　いつも飼料を買っている店で、お得意様特権というやつです。っと……メアリはもう帰ったみたいですね。馬車がありませんから」

ナディネの案内で馬を連れて行くと、店主と思しき人物が歩み寄ってきた。

店主はまずナディネを見て朗らかな笑みを浮かべ、続けてフェリクスに視線を移して驚いたように目を丸くした。

「こいつぁ、随分と綺麗な方を連れて来ましたね、ナディネ様。恋人……ではないでしょうな。ナディネ様に限って」

「ちょっ、失礼ですよっ‼　こちらは次期宰相様です！」

「へぇ⁉　次期宰相様っ⁉」

ナディネの紹介で店主は驚いたように声を上げた。

大げさとも思うが、王都から離れた地に王城で働く者が来ることはほとんどないだろう。

フェリクスはいつもの人好きのする笑みを浮かべながら軽く頭を下げた。

「フェリクス・シュミットと申します。少しの間、ノリス領に滞在する予定です」

「そ、そうでしたか。……いやぁ、男の俺から見ても惚れ惚れする美人さんだなぁ」

「お褒めいただき、恐縮です」

「い、いやいや‼　やめてくだせぇ、次期宰相様。そんなにかしこまられるとどうしたらいいかわかんねぇんで！」

普段からこの態度は変わらないのだが、それで困る者もいるらしい。

フェリクスはすぐに対応して態度を変えた。

「わかりました。ところで、メアリ嬢はもう帰ったのですか？　買い物に来ていたと思うのですが……」

「へ、へぇ。ほんの少し前に帰りなさったよ。いい買い物ができたのか、嬉しそうだったねぇ」

それを聞いて、フェリクスはほんのわずか残念に思うと同時に、そう思った自分に疑問を抱いた。

なぜそんなことを思ったのか、と。

「さ、ナディネ様。馬をこちらへ」

そんな疑問を抱いているうちにナディネが手綱を引き始めたのを見て、フェリクスも遅れず踏み出した。

(無事に買い物を終えたらしいことがわかって、ホッとしたのかもしれないな)

どこか頼りない子どもに見えるメアリが、保護者目線で心配だったのかもしれない。

意外と自分にも優しさがあったのだな、とフェリクスは自身の新たな一面を知った。

「ではフェリクス様、行きましょう。これから向かうのは大衆食堂なんですけど、とても美味しいんですよ！　あっ、庶民の食べ物はダメとか……」

「ありませんよ。むしろ好きですから、楽しみです」

「よかった！　じゃあ案内しますね！」

確かに貴族の中には高級食材を使った料理しか食べない者もいるが、それは一部の高飛車な人間だけ。

自分もそんなふうに見られているのだろうか、とフェリクスは少しだけ複雑な気持ちになる。

たわいもない話をしながら歩いて数分。

ナディネが連れて来てくれたのは、よく町で見かけるような大衆食堂だった。

外観も店内もとても綺麗に保たれており、フェリクスが王都で一度だけ行ったことのある店のような雑多な印象はない。同じ大衆食堂とは思えぬ清潔さがそこにはあった。

「いらっしゃいま、せ……」

二人が入り口付近に立っていると、店の奥からポニーテールの少女が元気にやってきた……と思いきや、フェリクスを見るなりその動きが停止する。

自分の見目の良さに自覚があるフェリクスにとってはよくあること。

だが、続く少女の反応は予想外のものだった。

「うっそでしょぉ!?　何が『わからない』よ！　あの子、今度会ったら説教してやるんだからぁっ‼」

言っている意味がさっぱりわからない。

困惑するフェリクスを余所に、少女はすぐに気を取り直してにっこりと笑みを浮かべた。

おそらく営業用だろう。フェリクスにも馴染みがあるのですぐにわかった。

「こほんっ、失礼しました。ナディネ様、こんにちは！　それからフェリクス様……ですよね？

お話はメアリから聞いてます」

「こんにちは、サーシャちゃん。もしかして、メアリも今日ここに来たの？」

「はい！　買い物の途中で少しお喋りした程度ですけど」

ナディネと少女の会話を聞いて、どうやらメアリの友達らしいことを察したフェリクスは、こちらに視線を向けてきた少女ににこりと微笑んだ。

少女は何かに耐えるようにグッと一瞬だけ息を止めた後、スッと手を突き出した。

まるでこれ以上は近寄るなと言わんばかりに。

「やめてください。その微笑みは死人がでますよ。ナディネ様とメアリが特殊なんですからね。あたしのような田舎暮らしの普通の乙女は心臓発作を起こしますから！　美しすぎて！」

「………………」

褒められているのだかなんだかわからない返しに、フェリクスは閉口した。

またしても、これまでになかった反応である。

この領に来てから意外な反応に驚かされてばかりだ。

だが、不思議と不快感はない。それがまたフェリクスを不思議な気持ちにさせていた。

「そんなことより、ランチを召し上がるんですよね？　ささ、席にどうぞー！」

サーシャはサラリとポニーテールを揺らしながらテキパキと二人を窓際の入り口がよく見える席に案内した。

注文はナディネに任せ、しばらくして料理が運ばれてきた、その時だった。

急に店が賑わい始め、フェリクスとナディネは同時に入り口へと視線を向ける。

「おーっ、サーシャちゃん！　噂通り本当にポニーテールじゃないかーっ！」

「しかも今日のランチは甘辛照り焼きだって!?　最っ高だな！　サーシャちゃーん、七人前頼むよ！」

「はいはーい！　いらっしゃいませーっ！」

入って来たのは職人の集団だ。全員が筋骨隆々とした大柄な体格で、豪快に笑い合っている。

どうやら彼らの目的は看板娘たるサーシャらしい。

こういう客はどこにでもいるのだな、とフェリクスは気にせず食事に手を付け始めた。

ナディネが選んだメニューは濃厚チーズソースのチキングリルと腸詰めの盛り合わせ。

万人受けする味付けで人気メニューなのはわかるが、フェリクスは少し苦手だ。

（残すつもりはないが……ノリス家の食事のほうが野菜も多いし口に合うな）

ただ、ナディネはこういうガッツリした料理が好きなのだろう。自身のおすすめだからこそ、この食堂に連れてきたのだということくらいはわかる。

いくらフェリクスが腹黒でも、さすがにここで不満を覚えるほど性格が悪いわけではない。

早く食事を済ませてしまおうと再びナイフを手にした時、ふと違和感を覚えて顔を上げる。

ナディネの視線が入り口から動いていない。

どうしたというのだろうかと様子を窺うと、ナディネの頬が僅かに紅潮しているのがわかった。

さらに、ブツブツと何かを呟いているのも聞こえてくる。

「や、やばい、あの上腕二頭筋……。ああっ、背筋(はいきん)が服の上からでも鍛えられているのがわかるぅ……！　背部って鍛えるの難しいのにっ！　ひゃあ、首の筋肉も素敵……。もう少しこっちを向いてくれないかな……」

ハッキリ聞き取れなかったが、ナディネが職人たちの筋肉に見惚れていることはわかった。

フェリクスは顔が引きつるのを耐えながら、これまでの自分に対する彼女の反応を思い返した。

そして一つの結論を導き出す。

それは考えずともわかる簡単なことであった。

(つまりナディネ嬢は、筋肉質で体格の良い男性が好みなのか。それも極度の筋肉好きと見える。なるほど、僕に興味がないわけだ)

フェリクスとて、別にヒョロヒョロしているわけではない。

何者かに襲われた時に対応できるように幼少期から鍛えていたし、それなりに筋力もある。

だが、人と関わることの多い仕事柄、あまり筋肉がつきすぎないよう気を付けてきた。加えて着やせをするタイプだ。

極め付けは美麗な容姿。

つまりフェリクスは、男らしい外見の男性を好むナディネのタイプとは真逆なのである。

「ナディネ嬢は男らしい方が好みなのですね」

「えっ⁉　あぅ、い、いえ、そ、そんなことは……！」

フェリクスがクスッと笑いながらそう告げると、ナディネはようやく我に返ったように声を上げ、慌て始めた。

自分を婚約者に選んでもらおうと奮闘していたナディネとしては大失態である。

「無理はなさらないでください。僕としても、できる限りご本人の意思を尊重したいと考えていますから」

「フェリクス様……」

その言葉を素直に受け取ったナディネは感動したように声を詰まらせたが、フェリクスの本音は別のところにある。

(彼女を選ばなくていい理由ができたな)

この領地のことを思えばナディネを選ぶしかないとフェリクスは考えていたが、断る理由ができたのなら話は別だ。

(正直、いくら騎士としての技能に長けていたとしても……彼女は僕には合わない)

この時、フェリクスの中でナディネは完全に婚約者候補から外れた。

第四章　甘い香りに誘われて

フェリクスがノリス家へやって来て、十日ほどが過ぎた。

ノリス領での生活にもだいぶ慣れ、屋敷の者ともそれなりに仲良くなったが、もちろんフェリクスが完全に気を許すことはない。

相変わらず人を見下した考え方をしているフェリクスは、現在フランカとの時間を多めに取るようにしていた。

ナディネを候補から外した以上、彼の中ではフランカを選ぶしかなくなったからだ。

ただ、フランカはわかりやすくフェリクスを避けている。

まず顔を合わせる機会が少なく、たまに会ってもこちらをにらんでくるばかりで話にならない。

「もう強引に決めちゃえばいいじゃん。フランカ嬢を婚約者にと宣言すれば誰も断れないんだからさー」

自分が冷たい人間であると自覚しているフェリクスでさえ、マクセンのこの言葉にはさすがに引いた。

実は誰よりも非人道的なのはマクセンではないかとさえ思える。

「この状態で無理矢理決めたら一生わだかまりができるだろう。妻として生涯を共にする相手やその家族とギスギスした関係でいるのは面倒だ」

結局のところフェリクスも自分本位な考え方だがマクセンよりは先を見据えている。

「けど、このままだとあっという間に約束の一カ月がくるだろ。いい加減どうにかしないと、強引に決めるのと結果は変わらないんじゃねーの?」

確かにその通りではある。

このまま期限が過ぎ、候補が決められなかった場合は順当に長女であるフランカを選ぶことになるだろうが、わかっていることをマクセンに言われると腹が立つ。

フェリクスは片手を額に当てて、しばし黙考した。

さっさと決めて帰ることができればどれほど楽か。

なぜ自分が人間関係を気にして悩まなければならないのか。

「面倒だ……」

それもこれも、フランカがあからさまに拒否してくるのが悪い。

いい加減、腹を括って妥協点を探ってくれればいいのにと思わずにはいられなかった。

フェリクスは、別にフランカが自分を好んでいないことに苛立ちを感じているわけではない。

あからさまな悪意に少しばかりストレスが溜まるだけなのだ。

(僕に対してよくも「何も考えていない」などと言えたものだ。いくら嫌でも、大人なのだから

話し合いくらいはするべきじゃないのか）

婚約なんて面倒だという気持ちを我慢して行動を起こしている自分より、逃げてばかりのフランカのほうがよっぽど愚かだとフェリクスは思った。

ただ、意趣返しとして「婚約者はほぼ貴女に決めていますよ」と遠回しに伝えるフェリクスも性格が悪いのだが。

そんな心情からか、二人の仲は余計にピリピリしていた。

フランカとの攻防自体はフェリクスにとって子どものお遊び程度。

しかし相手が婚約者候補というだけでストレスが勝ち、フェリクスを余計に憂鬱にさせているのだ。

「いっそ、腹を割って話しちゃえば？　探り合ってるから平行線なんだよ。無理矢理にでも時間を作ってさー」

呆れたように言うマクセンの言葉には一理あった。

もはやフランカだってフェリクスが癖のある男だと気付いているはず。今さら感じの良い仮面を被らなくても良いのではないか。

さすがに素の自分を全て曝（さら）け出すつもりはないが、ある程度、己の性格の悪さは予想されているであろう。

この際、仕事相手と交渉をする感覚で話を進めてもいいかもしれない。

「そのほうが相手も素直に話を聞き入れるかもしれないな」

「だろ？　俺、天才」

すぐ調子にのるマクセンを素直に褒める気にはなれず、フェリクスは無言を決め込んだ。

「もしくは、メアリ嬢に決めるかだな」

「は？　今、メアリ嬢を婚約者にと言ったのか？」

「いや、なんでそんなに驚くんだよ。メアリ嬢だってノリス家の令嬢だろ？」

「それはそうだが……」

フェリクスの中で、メアリはまったく眼中になかった。

自分より十歳も年下の少女を婚約者にするという発想がないからだ。

「……まだ年若いメアリ嬢を選ぶのは、さすがにな」

フェリクスの口からまさか人を思いやるような言葉が出て来るとは思っていなかったのだろう。

マクセンは思わず黙り込む。

その隙に、フェリクスはさっさと部屋から立ち去ってしまった。

最初に決めた通り、フランカと話しに行ったのだろう。

「……そこまで言うほどじゃなくね？　十八歳なんて、結婚しててもおかしくないのに」

部屋に一人残されたマクセンは、そこでようやくポツリとこぼす。

「婚約者候補にすら入ってないなら……俺が狙っちゃうぞ？　メアリ嬢は可愛いんだから」

当初の約束はどこへやら、マクセンは何やらたくらむように笑みを浮かべている。

ひっそりと従者の悪癖が顔を覗かせてしまったことを、フェリクスはまだ知らない。


部屋を出たフェリクスは、フランカがいる執務室へと向かっていた。

確か今日はユーナ夫人が外出予定のため、執務室にはフランカが一人でいるはずだ。話をするには丁度いい。

扉をノックすると、中から間を置かずに「どうぞ」という返事が返ってきた。

「お仕事中に失礼します」

「えっ、フェリクス様⁉　ああっ！」

思わぬ相手の訪問に大慌てで立ち上がったフランカは、机上の書類をバサバサと床に落としてしまった。

すかさず歩み寄って資料を拾い集めるフェリクスに、フランカは慌てたように声をかける。

「そ、そんな、拾っていただかなくても大丈夫ですわ！」

「書類の内容は見ないようにしていますのでご安心ください」

「内容については別に構いませんわ！　お客様に拾っていただくのは申し訳ないと言っているのです！」

「フランカ嬢はお優しいのですね？」

「っ！」

まとめた書類を机の上に置きながらフェリクスが言うと、フランカはしまった、といった顔を見せた。

嫌われようと努力していたのに、彼女のお人好しな部分が思わず出てしまったのかもしれない。

フェリクスもわずかに態度を軟化させて言葉を続けた。

「僕が急に来て驚かせてしまったから落としたのでしょう？　拾うのは当然のことです。突然お邪魔して失礼いたしました」

「……い、いえ。ありがとうございます」

フランカのしおらしい態度を見て、これならば少しは歩み寄れそうだとフェリクスは改めて彼女に向き直った。

「フランカ嬢。そろそろきちんと話をしませんか。お互い、いつまでも逃げ続けるわけにはいかないでしょう」

フランカの望みとすり合わせながら、互いにとっての最善を探る。そうすれば、少なくとも関係がひどく拗(こじ)れることはないのでは。

これはビジネスだ。

フェリクスはそう自分に言い聞かせた。

「そう、ですわね……。わかりました。あちらで話しましょう」

フランカも観念したのか、来客用のローテーブルを指し示す。

そう、まずは話し合うことから始めなければならない。二人はようやくスタートラインに立った。

意地を張っていないでもっと早くこうしていれば、こんなにも時間を無駄にしなくて済んだのにとは思うが、過ぎたことを悔いても仕方ない。

今はただ、ようやく一歩進めたことを喜ぼうとフェリクスは思考を切り替えた。

「まずは、これまでの無礼な態度を謝罪します」

「いいえ、お気になさらず。フランカ嬢は婚約をしたくないのでしょう？」

軽く頭を下げていたフランカは、フェリクスの言葉に驚いてすぐに頭を上げた。

その反応に、こちらが気付いていないと本気で思っていたのだろうか、とフェリクスは残念に思う。

フランカは経営の手腕こそ優れているものの、腹の探り合いには向いていないらしい。次期領主候補がそんなことで大丈夫かと心配になってしまう。

それはさておき、せっかく場を設けたのだ。

ここは自分から歩み寄るべきだろうと考えたフェリクスは、本音の一部を吐露することにした。

「僕も婚約には乗り気ではないのです。王命だから仕方なく来ただけで」

「そ、そうでしたのね」

目を白黒させて答えたフランカは少しの間を置いた後、肩の力が抜けたかのように笑った。

「いまさら、取り繕う必要はないということですわね？」

「ええ。探り合いはおしまいです。腹を割って話をしようではありませんか」

これまでお互いの間に漂っていたピリピリとした空気はすでにない。

フランカは軽く息を吐くと、それならばと話を切り出した。

「どうか、私の昔話を聞いてくださいませ。それを聞いた後に、私を婚約者として選べるかを改めて考えてくださいませんか」

どうやら、フランカが婚約を嫌がる理由が昔話とやらに隠されているようだ。

フェリクスは姿勢を正し、彼女の話に耳を傾けた。

「隠していたわけではないのですが……私には昔、婚約者がおりました。彼の名はケビン・スコッティ。ノリス領の隣に位置するスコッティ伯爵家の長男で、本来なら今頃私はスコッティ伯爵夫人となっているはずでした。けれど、結婚式目前のある日……ケビンは不運な事故で亡くなってしまったのです」

「それは……」

「お気になさらず。もう七年も前のことです。すでに心の整理はついていますわ」

フェリクスもこれには言葉がすぐには出てこなかった。

冷たい男ではあるが、人としての礼節はわきまえている。気にしなくて良いと言われても、そういうわけにもいかない。

フェリクスは佇まいを直し、目を伏せた。

「……お悔やみ申し上げます」

「フェリクス様は常識的な方ですわね」

フランカは自嘲気味に微笑んでそんなことを言った。

フェリクスとしては当たり前のことをしただけなので、彼女がなぜそんな顔になるのかがわからない。

黙ってフランカの言葉を待っていると、彼女は物憂げな顔を浮かべながらまたしても淡々と語り始めた。

「当時も望んだ婚約ではありませんでした。けれどケビンはとても気の良い方で、友人として好ましく思っていましたわ。良き妻となれるよう努力するのも、さほど苦ではありませんでしたの。でも……」

淡々とした口調の中に、どこか淀んだ感情が滲んだように思える。

フェリクスはこのような話し方をする人の共通点に心当たりがあった。

「どうしてもノリス領に思いを馳せてしまうのです。夫となるケビンの仕事を手伝うことは許されず、伯爵夫人として振る舞うだけの生活は苦痛でしかありませんでした。ですから、私は……彼が亡くなったと聞いた時、あろうことか安堵してしまったのです。悲しむより、ショックを受けるよりもまず、これで結婚しなくて済む、と……」

懺悔（ざんげ）だ。

彼女は今、懺悔をしているのだ。

責めることはできない、とフェリクスは思う。

貴族同士の婚姻はいまだに政略結婚が多く、互いに望んで結婚する者はとても少ない。

自分のやりたいことを諦めることもあるし、我慢すべきことも増える。

女性であり自分のやりたいこともハッキリしているフランカは余計に縛られることも多く、かなりのストレスだったに違いない。

彼女が婚約者を失った時にそう思ってしまったことを、どうして責められようか。

「しばらく部屋に引きこもった私を、周囲の者たちは婚約者を失ったショックだと言いましたけれど、違います。私は、自分が恐ろしくてショックを受けたのです」

自分を許せずにいるフランカにフェリクスが何を言ったところで意味はないだろう。

彼女を救えるのは、自分ではない。

「ご家族の誰かには、お話しされたのですか」

フェリクスの質問にフランカは黙り込む。

つまりそういうことなのだろう。

彼女はその罪悪感をずっと一人で抱えているのだ。

「……話を戻しますわ。そういう理由で、私は誰かの妻になれるような女ではないのです。それでもフェリクス様が私を必要だと思われるのでしたら……尽力はいたしますが、期待はしないでくださいませ」

フランカは深々と頭を下げて話を終えた。

堂々と「自分は良き妻にはなれない」と宣言されたわけだが、怒りはない。

ただ、どうすることもできないのだろうという諦念だけが残る、なんとも後味の悪い話し合いとなってしまった。

フェリクスは少し考えますとだけ告げ、今日の所は退室した。

(余計に面倒なことになった)

血も涙もない感想だが、フェリクスはただ、フランカの抱える傷や悩みを癒やせるほど自分が彼女を思うことはできないと感じただけだ。

しかし、妻として迎え入れるのであれば無視できない問題であった。

平穏な暮らしを送るためには、フランカの精神面も健康に保つ必要がある。

フェリクスは、夫になるのならある程度の心配りをする義務があると考えているのだ。

(僕のような人間が他人に寄り添えるわけがない)

自分のことをよくわかっているがゆえに、面倒なことになったと言っているのである。ある意味、責任感があるからこその感想といえた。

（すぐに答えなど出そうもない。少し考えをまとめるか）

フェリクスは自分の部屋に戻ろうと歩を進めた。

そんな時、どこからともなくいい香りが漂ってくる。

甘くて優しい、焼き菓子の香りだ。

実のところ、フェリクスは甘いものが好きである。

嗜む程度ではあるが、頭を使うことが多いため、休憩時には甘いものを好んで摂っているのだ。

この屋敷でも、お茶の時間の時だけは密かにコーヒーを甘めにして飲んでいた。

本当は甘いものとブラックコーヒーの組み合わせが至高だ。

しかし、ここに来てからは見た目の印象からか焼き菓子などの甘いものを出されることはない。

そんなフェリクスにとって、久しぶりの甘い香りはなかなかの誘惑であった。

しかも今は、フランカのつらい話を聞いた後。

考えることが増えたフェリクスの脳は糖分を欲していた。

（ここから厨房は離れている。一体どこから……？）

こうなっては、もはや甘い香りの発生源を見つけずにはいられない。

フェリクスは香りに誘われるがまま足を動かした。


香りの元はあっさりと見つかった。

リビングからダイニングへと続くドアを開けた時、焼きたてのパウンドケーキを持ったメアリと遭遇したからだ。

白いエプロンを身に付け、ミトンを付けた手でまだ熱そうなパウンドケーキを型ごと運んでいる。

「メアリ嬢でしたか。その香りの元は」

メアリはフェリクスの姿に気が付くと、ええ、と答えながらテーブルに近付き、置いてあった網の上でパウンドケーキを型から綺麗に外した。

その瞬間、甘い香りがさらに広がっていく。

フェリクスの視線はつい美味しそうなパウンドケーキに固定されてしまった。

「すみません。フェリクス様の邪魔をしてしまいましたか？」

「いいえ、たまたま通りかかっただけです。お菓子作りですか？」

「ええ。時々こうして作るのが趣味で」

「なるほど、料理が得意なのですね。とても良い香りに誘われてしまいました」

「ありがとうございます。ただ料理といっても作るのはほとんどお菓子なのですけれど」

「素晴らしいご趣味だと思いますよ」

「そう言っていただけると嬉しいです」

ミトンを外しながら答えるメアリはわかりやすくご機嫌だ。

そういえば、以前ナディネがメアリは料理が好きだと言っていたのを思い出す。

たしかに目の前にいるメアリの様子を見れば、本当に料理が好きだというのがよく伝わってくる。

そんな話をしている間も、美味しそうな香りが部屋中に漂っている。

フェリクスにとってはなかなかの拷問であった。

「なぜ、ここに持ってきたのですか？」

「もうすぐ昼食の準備が始まるので、厨房に置いておけないと思って。香りが邪魔をしてしまうでしょう？」

「なるほど。確かにそうかもしれませんね」

「余熱が冷めたらまた厨房に持って行って、お茶の時間に出すお菓子として保存しておくのです。それまでの間、この場所を使っているのですよ」

正直なところ、メアリの話はフェリクスの頭にほとんど入ってこなかった。

甘い香りがなんとも食欲をそそり、彼の集中力を奪っている。

ドライフルーツやクルミがたっぷりと入ったシンプルなパウンドケーキは本当に美味しそうな仕上がりで、ホカホカと湯気を上げていた。

パウンドケーキから目が離せなくなっているフェリクスは、思わず生唾を飲み込む。

その様子をメアリはニコニコしながら見つめ、嬉しそうに口を開いた。

「もしよかったら、一切れいかがですか？　冷めたほうがしっとりとしていますが、焼きたても美味しいですよ」

「いいのですか？」

思ってもみなかった嬉しい提案にフェリクスは一瞬喜びかけた、が。

「もちろんです。だってフェリクス様は、甘いものがお好きなのでしょう？」

続けられた言葉に思わず口籠ってしまう。

緩んだ心が引き締まり、急速に緊張が高まっていく。

「……なぜ、そうお思いに？」

甘いものが好きだなどと言ったことはなかったはずだ。

お茶の時間だって、彼女の前で砂糖を入れたことはない。それなのになぜ。

フェリクスの問いかけを聞いて、メアリはさらにクスクスと笑った。

その笑みがとても大人びて見え、フェリクスの胸がドキッと鳴る。

「この部屋に来てからのフェリクス様を見ていればわかります。目が輝いていましたもの」

そんなはずはない、とフェリクスは僅かに動揺した。

自分のポーカーフェイスは父親のお墨付き。そう簡単に気持ちを悟られることはないと自負している。

実際、この場にほかの者がいたとしてもフェリクスの変化など一切わからなかっただろう。内心ではあれこれ思ってはいても、顔には出していないのだから。

フェリクスはここへきて初めてメアリに対して警戒心を抱いた。

ほんわかとしているだけの令嬢だと思っていたが、もしかするととんでもない曲者かもしれない。

フェリクスは試すことにした。

「そうですか？　自分ではわかりませんが……」

「確かにフェリクス様はほかの方よりわかりにくいですが、よく見ていればわかります。お肉よりお野菜がお好きなことも、お茶よりもコーヒーを好んでいることも。たぶんですが、コーヒーは時々甘くして飲んでいらっしゃいますよね。私も砂糖をよく使うので、減り方でなんとなくそう思っただけですけれど」

フェリクスは驚いて目を見開いた。メアリが言ったことは全て当たっていたからだ。

陛下や王太子殿下、そして父親以外で人を恐ろしいと思ったのは初めてである。

「そして……本当は結婚などしたくないということも。できれば、誰も選びたくはないのですよね？」

続けてサラッと爆弾発言をしたメアリは、フェリクスの反応を特に気にした様子も見せずに焼きたてのパウンドケーキを二つ切り分けた。

それから一つをテーブルに用意されていた小皿に載せ、フォークを添えてフェリクスに差し出してくる。

今や、このパウンドケーキも最初からこうするために用意されていたとしか思えない。

フェリクスは戸惑いながらも小皿を受け取った。

「どうぞ、座って召し上がってください。まだ熱いので気を付けてくださいね」

そう言いながら、メアリ自身も椅子に座ってケーキにフォークを刺した。

ふうふうと息を吹きかけて口に運ぶその姿は小動物のようで愛らしく、無害な少女にしか見えない。

(やはり、この屋敷に来てから少々気が緩みすぎていたようだな)

キュッと口を引き結び、探るように目を細めてメアリを見つめる。

フェリクスの中で彼女はもはや年下の娘ではない。

対等で、油断ならない相手だ。

「あの、そう警戒なさらないでください……」

黙ったまま見つめていたからか、何かを察したメアリはどこか居心地悪そうに縮こまる。

その様子を見て、フェリクスはハッと我に返った。

油断ならないのは確かだが、メアリはまだ十八歳の少女だ。

田舎町で大切にされてきた箱入り令嬢に、腹の探り合いの経験などあるはずもないのは考えればすぐにわかることである。

（冷静になれ。怯えさせてはいけない）

フェリクスは自分に言い聞かせながら一つ息を吐くと、フォークでケーキを一口サイズに切り分ける。そのまま口に運ぶと、ふわりと甘い香りが口の中いっぱいに広がった。

（動揺しすぎだな。十歳も年下の令嬢相手に情けない）

クルミの歯ごたえやドライフルーツのほどよい酸味と甘み。久しぶりの糖分に脳が喜んでいるのを感じ、フェリクスはようやく口元に笑みを浮かべた。

「失礼いたしました。ですが、あまりにも確信めいた言い方でしたので」

「い、いいえ。ほぼ間違いないとは思っていましたが……その、不確定ではあったので。小娘の、ただの勘ですから」

「そうは言われましても、ね。ここまで言い当てられると、さすがに警戒しますよ」

「気味が悪い、ですか？」

「っ」

「……ごめんなさい。これも言い当てるつもりはなかったのですけれど。ああ、ダメですね。少し黙ります」

その宣言通り、メアリは黙々とパウンドケーキを口に運び始める。

思わずフェリクスが息を呑んでしまったことで、彼女は罪悪感に襲われたようだ。

（もしかすると、優れた洞察力で気味悪がられた経験があるのか？）

正直な気持ちを言うならば、気味が悪いとフェリクスも思った。

人を良く見ているだけで、ここまでいろいろと察してしまえるというのは特殊能力といえる。

それは腹に一物を抱える者にとっては脅威だろう。

フェリクスには探られて痛む腹などないが、できれば知られたくないことはたくさんある。だからこそ警戒するのだ。

(僕が婚約者を渋々選んでいることにも気付いていた、か)

先ほどの口ぶりから察するに、メアリは早い段階でポーカーフェイスを得意とするフェリクスの本質を見抜いていたことになる。

家族を大切に思っているであろうメアリにとって、自分は姉の幸せを邪魔する男でしかないはず。

だというのに、彼女からは敵意を感じない。

追い出そうという素振りもないし、いつでも優しく丁寧な態度だ。邪魔をする様子も一切見受けられない。

彼女は一体何を望んでいるのだろうか。

(……僕と同じタイプ、か？　確かに彼女も何を考えているのかは読みにくいが)

腹黒いかと言われると違うような気もするが、自分という例があるため侮れない。

フェリクスも人を見てある程度の考えは読めるが、メアリほど鋭く察せるわけではなかった。

ただ、自分の言葉が失言だったと黙り込む彼女を見ていると、素直で優しい気質は印象通りなのだと思える。

「ああ……なるほど。だから貴女はあまり多くを語らないのですね」

嘘を吐くタイプではない、とフェリクスは判断した。

彼女に同情したわけでも、全てを信じたわけでもない。自分の人を見る目を信用した結果だ。

「警戒して申し訳ありませんでした。貴女の能力の高さを見誤っていたのは自分だというのに」

フェリクスがそう言いながら軽く頭を下げると、ずっと黙っていたメアリが慌てたように手を横に振った。

「えっ。い、いえ。私は……姉様たちのように特別何かに秀でているわけではありませんし」

ノリス家の姉二人は確かに優秀だ。

フランカの経営を引き継がんとする固い意思や能力の高さ、ナディネの騎士たらんとする志と実力の高さ。

だがメアリもまた、人とは違った能力を持っているとフェリクスは確信する。それをひけらかすことなく、控えめな態度であるのも好感が持てた。

「言いたいことを胸にしまって黙っているというのは、誰にでもできることではありませんよ。人の話をちゃんと聞くということも、人を良く見て対応を考えるということも」

その能力は、簡単には計れない。

だからこそ曖昧で、彼女を平凡に見せているのだろう。目に見えてわかる結果だけが優れた能力というわけではないのだ。

「ありがとう、ございます。でも、先ほどは胸にしまうことなく話してしまいましたけれどね」

フェリクスからの褒め言葉を受け、メアリはわずかに頬を赤くしながら照れたように言う。

そのはにかんだ微笑みは少し大人びた笑みではなく、年相応の可憐さがあった。

フェリクスは、こちらのほうが彼女には似合っていると思った。

（僕は警戒しすぎたのだろうな）

メアリは洞察力こそ非常に優れているが、それ以外はごく普通の家族思いの優しい娘だ。

できるだけ人と争うことがないように、人を傷付けることがないように、常に気を配っていることが予想される。

（待てよ？　それならメアリ嬢は……）

そこでふと、フェリクスの脳裏に一つの仮説が浮かび上がる。

ここまで人の気持ちを察せるメアリなら、フランカが抱える悩みにも気付いているのではないか、と。

「……一つお聞きしても良いでしょうか」

フォークを置き、フェリクスはしっかりとメアリを見つめながら話を切り出した。

「メアリ嬢は、フランカ嬢がなぜ誰かとの婚約を拒むのか知っていますか？」

メアリは少しだけ目を見開いた後、困ったように微笑んだ。

それから質問には答えず、別の質問を重ねた。

「フランカ姉様からお話を聞いたのですね？」

質問というよりは確認だったのだろう。ここまでくると、そんなに自分はわかりやすいだろうか、と少々自信を失いそうだ。

フェリクスが苦笑しながら軽く頷くと、メアリもまた小さく頷いた。

「そうですね……フランカ姉様が悩んでいることには気付いています。あの、フェリクス様はフランカ姉様を婚約者にお選びになるのでしょうか」

「いいえ、まだ決めかねています。あのような話を聞いてしまっては、余計に」

本来ならばデリケートな質問も、メアリの口から聞くとなんの気負いもなく受け取れる。

不思議なことに、フェリクスはあっさりと本音を漏らしてしまっていた。

「フランカ嬢は、自分は誰かと結婚する資格などないと思っているようです。互いに不幸になるだけではないかと恐れているように見えました。僕としても、そこまで悩む方に無理強いをしたくはありません」

そこまで話した後、フェリクスはハッと我に返る。

自分は一体、何を話しているのだろうと。

いくら洞察力に優れているといっても、自分より遥かに人生経験の浅い少女を相手に相談するとは情けなさで頭痛がしてくる。

この場をどう収拾しようかとフェリクスが悩みだした時、それまで何やら考え込んでいたメアリが口を開いた。

「……たぶんですが、姉様は本心を言っていない気がします。フランカ姉様は……今もケビン様が大切なのだと思うのです」

「ですが、もともとただの政略結婚だったと」

「はい。ケビン様への気持ちがどのような形の愛なのかはわかりません。ただ、ずっと思っているのは確かですよ。今でも毎週お墓参りを欠かしませんから。彼が亡くなった時に抱いた気持ちに対する罪滅ぼしのつもりなのかもしれません。お墓参りをすることで姉様の気持ちが落ち着くのでしょう。ですから姉様が婚約を……いえ、結婚を嫌がる本当の理由は」

「ケビン氏から、離れたくないのですね」

「……私が勝手にそう思うだけなのですけれど」

非常に説得力のある推測だ。

友人として好ましく思っていたとフランカも言っていたことから、二人の関係はそれなりに良好だったのだろう。

そこに結婚相手としての愛はなくとも、違った形の愛はあったのかもしれない。

フランカの罪悪感が消えることは、おそらくない。

それを緩和させるのが墓参りなのだとしたら、フェリクスと結婚して王都へ連れていくのは非常に酷なことだろう。

もちろん推測の域を出ないがもし本当なら、彼女の心の健康のためにはこの地を離れるわけにはいかないではないか。

これではますますフェリクスはフランカを選ぶわけにはいかなくなってしまった。

「メアリ嬢。貴女がそう思うなら、間違いないと思います」

「そんなことはありません。私だって読み違えることがあります。あまり信じないでください……」

婚約者問題はさらに複雑になってしまったというのに、フェリクスは目の前で身体を縮こませるメアリを見てフッと笑ってしまう。

何も解決していないが、先ほどまで深く悩んでいた気持ちがなぜか晴れていたからだ。

「いいえ、貴女の洞察力には驚かされます。フランカ嬢にも伝えれば良いのに」

「伝えようとしたこともあるのですが……」

メアリが言葉を濁したことで理解した。

どうやら上手くはいかなかったようだ。

「フランカ姉様だけではありません。私の家族はみんな、自分のことより人のことを優先させようとするのです。特に私は大切にされすぎています。私だって、家族の一人なのに。力になれるのにって思っちゃいますね」

メアリは困ったように、それでいて柔らかな笑みを浮かべている。

不満はあるが、家族のことが大事なのだろうことは一目でわかった。

フェリクスは誰からも愛され、大切にされているメアリに悩みなどないと思っていた己の浅慮を恥じた。

「……それにしてもメアリ嬢、このパウンドケーキはとても美味しいですね」

おかげでうまくメアリをフォローする言葉が出てこず、話題を変えることしかできない。

だが、メアリにとってはその対応で正解だったのか、フェリクスの素直な感想を受けて嬉しそうにふわりと微笑んだ。

「お口に合ったようで良かったです」

先ほどまでの重苦しい雰囲気はすでになくなっている。

フェリクスはメアリのいる空間に奇妙な居心地のよさを感じていた。

(メアリ嬢、か。歳は離れているが、候補に入れてもいいのかもしれない)

そうは思っても年齢差がどうしても気になるのは、父譲りの頭の固さがあるからだろう。

これまで十代の娘など眼中になかったフェリクスに、迷いが生じ始めるのであった。

第五章　初めての感情

「まったく心当たりがないって顔ね」

「その通りよ。心当たりがないわ」

現在メアリはサーシャに言われ、背筋を伸ばしながら椅子に腰かけている。

不満顔の親友を前に言われるがままそうしているが、メアリにはなぜサーシャがここまで不機嫌なのかまったく心当たりがなかった。

バンッとテーブルに手をついてこちらをにらんでくる親友に、メアリはこてんと首を傾げる。

その様子を見てサーシャはがっくりと肩の力を抜くと、すぐに顔を上げて丁寧に説明し始めた。

「あのねぇ、フェリクス様ってばすっごく美男じゃないのっ‼　メアリったら、あれを見てもかっこいいかどうかがわからないっていうの⁉」

「えっ……そっか。あれがかっこいいのね。勉強になったわ」

「ええい、ニコニコするんじゃないわよ。可愛いなぁ、もう！」

なかなかの勢いで捲し立てるサーシャに対し、メアリはいつも通りニコニコと笑っている。

メアリが人の美醜に興味がないことを思い出したサーシャは諦めたように肩の力を抜いて、椅子の背もたれに寄りかかった。

「おかげであたし、席に案内するだけですっごく緊張したんだから。でもその後、大勢のお客さんたちを軽くさばける程度には絶好調になれたわ」

「え、すごい。美男にそんな効果があるなんて」

「そーよ！　美男ってすごいのよ。乙女に無限の力を与えるの。マッチョにしか興味のないナディネ様はともかく、メアリはどうして普通でいられるのかわからないわ！」

力説するサーシャを見て、さすがに思うところがあったのかメアリはうーんと顎に手を当てて思い出す。

今、自分の屋敷に滞在している眼鏡をかけた次期宰相様。

黒い髪はいつも綺麗に整えられており、基本的に笑顔で穏やか。

それでいて時々鋭いまなざしを向けることもあり、理知的にも見える。

なるほど、綺麗に整った顔ではあるかもしれない。

フェリクスの滞在期間、残り半分を経過してようやくメアリはそう認識した。

「それよりサーシャ。あの日は結局どうなったの？」

「メアリの狙い通り、ナディネ様ったらマッチョ軍団に釘付けだったわ。いつものことだから当然といえば当然だけどねー」

「ナディネ姉様のあの状態を見た人はみんな衝撃を受けるから。フェリクス様じゃなくてもいろいろと察したと思うわ」

「そうよねー。で、相変わらずフェリクス様の中でメアリは対象外って感じ？」

「うーん。たぶん、少しは興味を持ってもらえたんじゃないかしら」

「えっ！　何かあったの⁉」

メアリは屋敷でパウンドケーキを振る舞った時のことを、サーシャはお店で見たナディネとフェリクスの様子を話し、情報交換をする。

「それは確実にナディネ姉様が候補から外れたわね」

「あたしの目からもそう見えたから間違いないわ！　それよりもメアリのほうよ。何よそのドキドキイベントは‼」

ドキドキ？　と首を傾げたメアリだったが、確かに少しドキドキしたかもしれないと思い直す。

ただし、メアリが感じたドキドキはサーシャの期待するものではなく、ちょっと言い当て過ぎたことによる自分の失敗についてなのだが。

もう少しだけ慎重に攻めたほうが良かったかなと思う反面、結果的に良かったのかもしれないと今では思っている。

「間違いなくメアリも候補に入ったと思うなぁ。だって、褒めてもらえたんでしょ？　認めてもらえたってことじゃない」

「そう、かな？　そうかも……？」

メアリは普段、フェリクスの前で背伸びをしている。

その理由は当然、少しでも大人として見てもらうため。

ただ、あの時はつい大人っぽく見せるための振る舞いを忘れてしまっていたのが気掛かりではある。

でも、気を抜いてしまったのは仕方ないこと。

あの時、メアリは嬉しかったのだから。

基本的にメアリが人から褒められるのは愛想の良さと優しさだ。そこに不満はない。

それに、別にメアリは人の心の機微を読み取っていることを誰かに知ってほしいと思っているわけではなかった。むしろ、フェリクスに言ったように気味悪がられた経験があることから普段は隠しているくらいである。

だからこそ、そのことに気付いた上でさらに認められるというのは、くすぐったくも嬉しいと感じたのだ。

(あれがフェリクス様の本心だったのなら、もっと素直に喜べるのだけれど……どうだろう？さすがにそこまでは見抜けなかったわ)

メアリはすでに、フェリクスが腹黒いことを確信している。

それだけではないこともわかってはいるが、褒め言葉を素直に喜んでいいのか迷う部分もあった。

「……本心を隠してはいるだろうけど、嘘を言うタイプではないと思う。うん。私、嬉しかった。

あんなふうに言ってくれる人はこれまでいなかったもの」

「おやおやぁ？　もしかして、フェリクス様を好きになっちゃった？」

「それはないけれど」

即答しないでよー、と笑うサーシャを見ながら、メアリは一緒になってニコニコと笑う。

だが、内心では少しだけドキッとしていた。

姉の幸せを奪うかもしれない危険人物だと思っていたのが、たったあれだけのことで好ましいと思っている自分が確かにいるからだ。

(単純なのかしら、私って)

そうはいっても、自分を婚約者に選んでもらうのがメアリの目的。

この変化は彼女にとっても良いことといえる。

未来の夫、あるいは義兄になるかもしれない相手のことは、できることなら良い感情を持っていたほうがいい。

「でも、本当のメアリのことをわかってあげられるのはあたしだけだったのになー。ちょっと悔しいかも」

「サーシャは今までもこれからも、私の一番の理解者だわ」

「んもーっ！　メアリったら人を喜ばせるのがうますぎっ！　あたしもメアリが一番の親友だよーっ！」

のよ？」

「え？　メアリったら気付いていなかったの？　あたしたち、もうずっと昔から相思相愛なのよ？」

「ふふっ、知っていたわ」

二人はひとしきりクスクスと笑った後、話題を戻した。

「でもさ、ナディネ様が候補から外れてメアリが候補に入ったかもしれないのはいいとして。それでも今のところ、一番の候補はフランカ様なのよね？」

「んー……」

昨日のやり取りについて、メアリはサーシャにフランカの事情までは語っていなかった。

さすがに推測の域を出ない姉の心情を親友相手とはいえおいそれと話すわけにはいかないからだ。

「確かにそうなんだけど……フランカ姉様と話し合ったようで、迷っているみたいだったわ」

結局メアリはこの程度しか説明ができない。

しかし、伊達に客商売をしていないサーシャは歯切れの悪いメアリの言葉に何かを察した。

「ふむ。フランカ様に何か事情がある感じね？」

「さすがね。察してくれて助かるわ」

「ふふん、このくらいわけないわよ」

メアリが感心したように告げると、サーシャは胸を張ってニッと笑いテーブルに頬杖をつきながら口を開く。

「でも、相手の事情を考えて迷うだなんて、フェリクス様もただ冷たい人間ってわけじゃないみたいね？　メアリが言うなら腹黒であることは確かなんでしょうけど」

「責任感のある方なんだと思うわ。合理主義者なのか確かに冷たい部分はあるのだけれど、フェリクス様からは人に対する敬意が感じられるもの。不必要に相手の気分を害するようなことはきっとしないし、いつでも人好きのする笑みを浮かべて接してくれる。できることなら穏便に、最も互いが納得する形でこの話をまとめたいのではないかしら」

「なるほどねー。でもそれって、やっぱり冷たい人なのかもしれないわね」

「どうして？」

「滅多に本音を見せないから壁があるってことでしょ？　本気で愛する気がないなら夫婦でさえビジネス上の関係になりそうじゃない。メアリは平気なの？　決して心の内に踏み込ませてくれない男が夫で」

「……？　誰だってそういうものでしょう？」

きょとんとした顔で首を傾げるメアリに、サーシャはがっくりと項垂（うなだ）れた。

「ああ、メアリもわりとそっち側の人間なのね……。とにかく！　フェリクス様が迷っているというのならチャンスじゃない？　もう半月もないんだから、そろそろ勝負に出る頃でしょ」

ナディネもダメ、フランカにするのもためらわれる。

そうなるとやっとフェリクスの眼中に入ったであろうメアリを選ぶまであと一歩というところだ。

「そうね。もう少し踏み込んでみようとは思うけれど……」

「けれど？　順調に事が進んでいるのに、何が問題なの？」

メアリは何かを考えるように顎に手を当て、真剣な顔をした。

「万が一、フェリクス様がフランカ姉様を気に入ったというのなら、私には何もできないわ」

メアリはあくまで、フェリクスが誰でもいいというのなら自分を選べばいいというスタンスだ。

もしフェリクスが姉のどちらかを好きになったのなら、迷わずそちらを選んでもらいたいと考えている。

姉たちのことを思えばすんなりと良いとは言えないのだが、フェリクスの気持ちを無視してまで自分を婚約者に選んでもらおうとは思えない。

「そんなこと、あるの？」

一方でサーシャは呆れた顔を見せている。

メアリだって、あのフェリクスが誰かに恋をするなんて想像もできない。

万が一の可能性だってないだろうとは思っているが。

「同情が愛に変わることって、結構あるでしょう？　本人でさえ知らぬ間に変わることだってあると思うわ。人の気持ちがどうなるかなんてわからないもの。きっと、誰にもね」

「……それもそうね」

サーシャはスッと遠い目をしながらそう答えた。

それから、メアリには聞こえないほどの小さな声でポツリと呟く。

「メアリ自身も気持ちが変わる可能性があるってこと……わかっているのかしら」

おそらくわかっているようで自覚はないだろう。

親友の行く末を思って、サーシャは心配な気持ちを募らせるのであった。


サーシャの働く食堂を出たメアリが買い物を終えて馬車に戻ろうと歩いていると、見覚えのある人物が目に入ってきた。

その人物もまたメアリに気付いたようで、笑顔を見せながら近付いてくる。

「こんにちは、メアリお嬢様」

「こんにちは。貴方はフェリクス様の……」

「はい。従者のマクセン・ロビーと言います。どうぞ、マクセンとお呼びください」

フェリクスよりも背の高いマクセンと目を合わせようと思うと、メアリは思いきり見上げなければならなくなる。

それをあらかじめわかっていたマクセンは、少しだけ屈(かが)みながら礼をした。

(気を遣ってくださっているのね。フェリクス様の従者ですもの、彼もきっと優秀なんだわ)

明るい笑顔を浮かべるマクセンには、裏表がないように見えた。おそらく、もともと社交的なタイプなのだろう。

メアリはマクセンの口調や表情から堅苦しいのはあまり好きではないのだろうことを瞬時に読み取る。

「ではマクセン様。その、どうぞ楽に話してください。私に対してかしこまった態度をとる必要はありませんから」

メアリがふわりと笑いながら言うと、マクセンはわずかに目を見開いて驚いた様子を見せた。

「……そんなにわかりやすかったですか？　俺」

「いえ。なんとなく、そんな気がしただけです。あの、本当に楽に話して大丈夫ですよ。もしこのことを内緒にしてほしいなら誰にも言いませんし」

メアリが唇の前で人差し指を立て少しだけ口の端を上げて微笑むと、マクセンもまた意図を察してニヤリと笑う。そのまま上体を起こすと、赤茶の髪を片手で掻き上げながら「お言葉に甘えて」と告げた。

「いやぁ、まいったな。でも助かるよ。俺、お上品にし続けると倒れちゃう持病があるからさ」

「ふふっ、それは大変ですね」

「さすがにメアリちゃんって呼んだら怒る？」

「いいえ。お好きなようになさってください」

「やった！　でも叱られるんでフェリクスには内緒で」

マクセンはウインクをしながら、先ほどメアリがしたように口元に人差し指を立てた。

「ええ。秘密ですね」

それを見てメアリはいつも通りほんわかとした笑みを浮かべながら確信する。

（マクセン様は女性慣れしているわね。距離の詰め方が早いもの）

わかりやすいマクセンの性格など、メアリにはお見通しだ。

しかし、彼から見たメアリはかなり年下の小娘。

フェリクスと同じように子ども扱いされるだろうという考えに至る辺り、メアリは少し自分事に鈍かった。

「ねえ、どこかお茶が飲めるお店はないかな？」

「それでしたら、この先にパン屋さんとカフェが併設しているお店があります。と言いますか、そこしかないのですけれど……」

この町はあまり大きくはないため、お茶ができるようなおしゃれなカフェもほとんどない。

王都に住むマクセンにはさぞ田舎に思えるだろうとの気持ちから、メアリはやや恥ずかしそうに言った。

「もしかして、お屋敷で出してくれているパンはその店で？」

「え？　あ、はい。そうです」

「最高！　あのパン、すっごく美味しいよね。使っている小麦がいいのかな。ぜひ行ってみたいんだけど、メアリちゃんも付き合ってくれないかな？」

さすがの話術であるとわかってはいても、町のことを褒めてもらえるのは嬉しいものだ。

メアリは一つ頷いて、その申し出を受け入れた。


早速やってきたパン屋で、焼きたてのパンを前にマクセンの目が輝く。

「どれも美味しそうで悩むなー！　メアリちゃんのオススメはどれ？」

「む、難しいことを聞きますね。マクセン様は甘いものがお好きですか？　それとも……」

「ストップ、ストップ。俺はさ、それも含めてメアリちゃんの好みを聞いてるの」

ウインクをしながら聞いてくるマクセンに、メアリは驚いていた。しかしそれを表には出さず、ほんわかと笑いながら思う。

（これが、サーシャが昔言っていた女たらしというやつ？）

グイグイきすぎな気はするが、嫌だとは思わない。自分に興味を持ってもらえていると感じるからだろうか。

メアリはときめくわけでもなく、素直にマクセンの社交術に感心していた。

「そうですね……この紅茶のパンと、オリーブのパンですかね」

「よし、じゃあそれにする」

マクセンは迷うことなくその二つと飲み物を注文し、ついでにメアリが選んだパンも含めてサラッと会計を済ませてしまった。

メアリが慌てているうちに、流れるように席へエスコートまでしてしまうのだから、かなり女性慣れしている。

席に座ったメアリが戸惑っていると、向かい側の席に座ったマクセンは無邪気にパンに齧り付き始めた。

続けて、「美味しい！」と笑顔を向けられてしまっては、メアリも同じくいただくしかない。パンを手に取り、マクセンに「ありがとうございます」とお礼を告げてから、手でちぎって一口ずつ食べ始める。

少し緊張が解れ始めた時、マクセンからサラリと訊ねられたのは、なかなか核心に迫る質問であった。

「メアリちゃんはさ、今回の婚約者選びについて、どう思ってるの？」

なるほど、本当はこれが聞きたかったのかと納得したメアリは、やり口の巧妙さに半ば呆れてしまう。

「どう、とは……？」

「あれ？　他人事のように思ってる？　メアリちゃんだって候補の一人でしょう」

気さくな態度で本音を引き出す。これがマクセンのやり方なのだろう。

質問の意図がどういったものなのかまではわからないが、素直に答えるのは悔しい。

さてどう答えようかとメアリが考えていると、マクセンは立て続けに言葉を重ねてくる。

「少なくとも、フェリクスはメアリちゃんを候補に入れないようにしているみたいだけど」

だが、聞かされた言葉に一瞬動揺してしまう。それを悟られないよう、どうにか答えを返した。

「そう、なんですか？」

ほかでもないフェリクスの従者からそんなことを聞かされ、メアリはズキリと胸が痛むのを感じる。

少しずつだけれど前に進んでいると思っていたのに、まだ自分が蚊帳の外だというのがショックだったのだ。

（焦っちゃダメ。まだ、大丈夫）

フェリクス本人から直接聞いたわけではない。自分の手応えとしては、だいぶフェリクスの興味を引けていると思っている。

この調子で続ければきっとうまくいくとメアリは心の中で自分を鼓舞した。

まだ諦めるには早い。

「あ、もしかして候補に入れてほしかった？」

しかし、マクセンはズケズケと物を言う。

そうだったとしても、そうではなかったとしても、その質問は失礼にあたるだろう。

(もしかしたら、マクセン様は私がフェリクス様の婚約者に選ばれるのを阻止したいのかしら。

つまりこれは……けん制？)

しかし、わざわざ候補外にいるメアリをけん制する意味などないようにも思える。

ほかに意図があるのか、または特に意味もなく聞いてきたのか。

いずれにせよメアリにとっては貴重な情報源だ。

少しだけ不快になった気持ちを表に出すことなくメアリは答えてみせた。

「いえ……。やはり私は子ども扱いされるのだな、と改めて思っただけです」

「そうだよねー。十八歳っていったら、もう大人みたいなものなのにね？　ご家族もメアリちゃんを婚約者候補に入れないようにしているところがあるよね。もしかして、ご家族からも子ども扱いされてる感じ？」

マクセンは絶妙に無神経だ。

共感しているように見せかけて、ギリギリでこちらが不快に思う点を突いてくる。

攻めるならギリギリアウトではなく、セーフのラインで攻めてもらいたい。

「子ども扱いというよりは、ものすごく大切にされているといった感じでしょうか」

「なるほど。過保護なのね」

「そうとも言います」

「俺ならメアリちゃんを一人のレディーとして扱うけどなぁ」

メアリはピタリと動きを止め、マクセンを見る。

彼の目には熱が込められており、メアリはようやく気が付いた。

（もしかして私……口説かれているのかしら）

サーシャいわく、女たらしというものは不特定多数の女性に本気で言い寄るのだという。

上手くいけばラッキー、上手くいかなければ次の女性にいく。

だから都合よく遊ぶ気がないならあっさり振っても大丈夫らしい。

そこで逆上するような人はクズで、笑って引き下がるなら本物の女たらし。

そして——。

「お好きになさってください。私は誰にどう思われようとあまり興味がありませんので」

「うっ、なかなか手厳しいな。ねぇ、メアリちゃん。フェリクスの婚約者になる気がないなら、俺の恋人になるのはどう？」

食い下がってくる場合は本気である可能性が高い、と。

サーシャの教えでいけば、マクセンはメアリに本気だということになる。

だが、メアリから見たマクセンは、そんなふうには見えなかった。

（本気の恋情なんてものを向けられたことがないから、何とも言えないけれど。でもこれはたぶん……）

経験はないが、メアリは己の直感を信じることにした。

「そういう確認を、フランカ姉様やナディネ姉様にもしているのですか？」

自分に興味があるわけではない。見極められているのだ。

主人(フェリクス)にとって、ふさわしい相手かどうかを。

シュミット家の従者で、フェリクスのそばに仕えているくらいだ。女たらしを利用して探るくらいはしてもおかしくない。

メアリの返事を聞いたマクセンは、かなり驚いたように目を丸くした。

それからフッと肩の力を抜くと、参りましたとでも言うように両手を小さく上げる。

「すごいな。どうしてわかったの？」

特に隠す気もごまかす気もないらしい。

苦笑しながら告げるマクセンに、メアリはいつもの微笑みを返す。

「なんとなくです」

「素晴らしい直感力。いやぁ、ごめん。気を悪くしちゃったかな」

「特には。マクセン様のお立場ならそういうこともあると思いますし」

どこまでも大人な対応を見せるメアリに、マクセンは頭を掻く。

まさかここまで見抜かれるとは思っていなかったのだろう。どことなく悔しそうにも見えた。

「やめやめ！　せっかくデートに付き合ってもらってるんだもん。ここからは楽しいお喋りだけしよう！」

「これって、デートだったのですね」

「はは、こりゃ本当に手ごわい……」

マクセンは宣言通り、その後は当たり障りのない話だけをするようになった。

休憩時間を利用して馬を借り町に来たことや、一人だとつまらないと思っていたところにメアリと会えたから運命だと思ったことなどを冗談めかして話していく。

途中、メアリにも普段はどう過ごしているのか質問をしてくるなど、飽きさせないための話術は巧みであった。

それは良かったのだが。

パン屋を出てから小一時間ほど町を歩いた頃、メアリは疲労を感じ始めていた。

というのも、マクセンの話題がまったく尽きないからである。

最初は飽きさせないようにと気遣う様子を見せていたが、少しずつマクセンだけが話し続けるようになり、自分が王都でどう過ごしていたのかなどを延々と聞かされ始めたのである。

今度こそ帰ろうと馬車に向かう道中で花屋に立ち寄ろうと言われたり、噴水前で休憩をしようと誘われたり。

どうにか付き合い続けて、今はようやく馬車で帰宅中だ。

その間も、マクセンは馬で並走しながら御者台に座るメアリにずっと喋り続けていた。

基本的にメアリは自分から話をするよりも聞くタイプだ。マクセンがたくさん話してくれるほうが助かるのは間違いない。

ただ限度というものはある。

マクセンは人あたりのいい人物だが、相手の様子を窺うことをしない。

もっとわかりやすく言うと、察する力がないのかもしれないとメアリは内心で失礼なことを考えてしまっていた。

「あ、そろそろ屋敷に着くね。従者の仮面を被らないと」

「従者の仮面ですか？」

「そ。俺はこんな性格ですが、仕事はちゃんとするのですよ。メアリお嬢様」

言葉を返しながら、マクセンはこれまでのヘラヘラとした笑みから真面目な顔へ、気さくな態度からかしこまった口調になった。

マクセンは悪い人ではない。

主人のために泥を被るほど忠誠心が高いし、会話だって楽しかった。

この短時間でかなり慣れはしたが、どうにも気疲れしてしまったようだ。

やっと見えてきた我が家にメアリはホッと安心する。

馬小屋に到着すると、メアリが御者台から下りるよりも早くマクセンが馬からひらりと下りて手を差し伸べてきた。

「お手をどうぞ、メアリお嬢様」

「えっ。あ、ありがとうございます」

いつも馬の準備から何から一人でこなすメアリにとって、こういったエスコートは初めてだ。

気恥ずかしさに照れてしまうメアリをマクセンは微笑ましげに見つめていた。

「それからこれ。本日はお付き合いをいただきありがとうございました」

「えっ!?」

地面に降り立ったメアリの目の前に花束が現れた。

これは町の花屋でマクセンが買っていたものだ。

あまりにも突然、かつ初めての出来事の連続にメアリは混乱した。

状況から察するに、この花束は自分への贈り物だということはわかる。

メアリは慌てて両手を小さく振り、受け取れないことを告げた。

「たっ、大したことはしていませんので……」

「いえいえ。可愛らしいお嬢様とデートさせていただけたのです。ほんのお礼ですから。それとも……」

恐縮しきりのメアリに、マクセンが大きな身体を屈めて耳元に口を寄せた。

「こういったことを男からされるのは、初めてなのかな？」

「っ！　からかわないでください」

ボッと顔から火が出る勢いで赤くなったメアリは、ケラケラと笑うマクセンをにらみ上げた。

こういったことには本当に慣れていないため、相手に関係なく恥ずかしさが込み上げてくるのだ。

(間違いなくからかわれているわ！)

これもまた彼の手口なのだろうとメアリはしっかり脳裏に刻んだ。

「メアリお嬢様もお年頃ですから、慣れておいたほうがよろしいかと。俺の途切れないお喋りにも、嫌な顔一つせず聞いてくれた忍耐力はさすがでしたが」

「……また試していたのですか？」

「気分を害されたのでしたらすみません。ですが俺は、女性と出かける時はいつもそうしているんです。こちらをどう思っているのか、すぐにわかるでしょう？」

続けられた言葉に、メアリはもはや呆れるしかない。

やはりこのマクセンという男は、フェリクスに負けず劣らずひと癖もふた癖もある人物らしい。

パン屋での一件から彼の厄介さはわかっていたというのに、軽い人柄に隠された本質を見抜けなかったメアリは、自分の未熟さを心の中で嘆く。

「さっきはあっさり見抜かれちゃいましたからね。今度は騙せて満足です」

「いい性格をしていますよね……」

異性とのやり取りに関してメアリの勘が鈍るのは、ある意味仕方ないことだ。

メアリは家族から、それはそれは大切に育てられた筋金入りの箱入りお嬢様。そもそも異性に耐性があまりないのだ。

「ご教授ありがとうございました。後学のためにしっかり覚えておきます」

「やっぱりメアリちゃんは賢い子だね。次からは俺ももっと本気で口説くことにするよ」

「……本当にマクセン様は嫌な人になるのがお上手ですね」

「ははっ、褒め言葉として受け取りまーす！」

しかしおかげでメアリは学んだ。

もう二度と、同じような手口に騙されることはないだろう。

ヘラヘラと笑うマクセンに恨みがましげな視線を送ったメアリは、一度目を伏せて気持ちを落ち着けた後、ようやく花束を受け取った。

いつも通りの、ほんわかとした笑顔を浮かべて。

「ところで。仮面が外れていますよ、マクセン様」

「おっと。これは失礼」

笑顔の仮面を被った二人は、しばし互いにニコニコと笑みを見せ合うのであった。

◇

一方、屋敷の二階から二人の様子を見ていた者がいた。

（なぜ、マクセンがメアリ嬢と……？）

フェリクスである。

遠目であるため二人の会話はわからない。

わかるのは、二人仲良く出先から戻り、マクセンがメアリに花束を贈って楽しそうに会話を繰り広げた後、親しげに微笑み合っているということだけ。

しかもあろうことか、マクセンはメアリに思いきり顔を近付けたではないか。

その後のメアリの反応といい、フェリクスの胸中は荒れた。

「あいつ……ここで女性に手を出すなとあれほど言ったというのに」

フェリクスはスッと目を細め、ご機嫌な様子で屋敷に向かってくるマクセンを冷ややかに見下ろした。

約束を破った従者にはどんな罰を下そうか。

ふつふつと込み上げてくる怒りをどうにか抑え、フェリクスはマクセンが戻って来るのを部屋で待った。

「ただいま戻りまし、た……？」

「ああ、おかえり」

マクセンは主人の目だけが笑っていない笑顔を見るなり、フェリクスがかなりお怒りであることを察したらしく、背筋を伸ばした。

「ここでの恋愛沙汰はやめとけと言ったはずだが？」

「あー……見てた？」

たった一言で全てを察したマクセンは、頭を掻きながら告げた。

その悪びれもしない態度に、フェリクスはこれみよがしに長いため息を吐く。

「よりにもよってメアリ嬢に手を出すとは……」

「誤解を招く発言はやめて？　別に手は出してないから！」

「じゃあ、何があったのか話してみろ」

マクセンが女性と二人で話しているというだけで手を出しているとみなしたフェリクスは、腕を組んだまま笑みを崩さない。

あんまりではないかとマクセンは思うかもしれないが、マクセンの女性問題の数々を知る者なら誰もがそう思うことだ。これに限ってはマクセンの自業自得である。

要は、日頃の行いというやつだ。

当の本人もそう見られている自覚はある。

しかしながら今日の流れを全て話せば絶対に叱られるだろう。

実のところマクセンは、今日のやり取りでメアリがフェリクスの相手として適任だと確信していた。

簡単にいうと、メアリをオススメしたい気持ちがある。

だからこそ、素直に教えてやるのも癪（しゃく）だと思っているらしい。

マクセンはニヤニヤしながら反論を口にする。

「プライベートなことまで事細かに説明しなきゃいけないんですかぁ？」

間違いなく主人に対してする態度ではないが、フェリクスはいちいち反応してやるつもりはなかった。

「お前のプライベートなどどうでもいい。相手がノリス家のご令嬢でなければ、こちらとしても事細かなプライベート事情を聞かなくて済んだのだが？」

マクセンには本気で怒っているのだということをわからせなければならない。

フェリクスは途中から笑みを消すと、先ほどよりも低めの声で告げた。

さすがにまずいと思ったのか、マクセンが慌てたように弁明を始める。

「そ、そもそもお前が言ったんだろーが！　メアリ嬢は若すぎるって！　候補から外れてるんだったら、俺が狙ったって別にいいじゃ……」

「よくないに決まっているだろ！」

滅多にない声を荒らげる主人の姿に、マクセンは息を呑む。

マクセンとしては、メアリがまだ候補外にいるのかどうかの確認だった。フェリクスの認識がほんの少しでも変わっていたらいいな、くらいに思っていたのである。

それがどうしたことか。

過剰な反応を見せた意外すぎる主人に驚いてしまうのも無理はない。

フェリクスはいつだって冷静で、淡々と正論をぶつけて相手を丸め込むような男だ。

今だって、自分がどれほど言葉を並べたところで淡々と言い負かされることは覚悟していたのに。まさか怒鳴られるとは思ってもみなかった。

そうした理由でマクセンが声も出せず驚いているのを見て、フェリクスもハッと我に返る。

(実際、僕がメアリ嬢はさすがにないと言ったのは事実だ。今もそう思っている。だが……無性に、苛立つ)

ごほん、と一つ咳払いをしたフェリクスは、続けて小さくため息を吐いた。

「……とにかく。これ以上メアリ嬢に近付くんじゃない。彼女だってノリス家の令嬢で……婚約者候補の一人なんだからな」

どの口が、と言いたげなマクセンはグッと堪えて口を噤む。

なぜならそのセリフは、以前自分がフェリクスに告げたものだったからだ。

話はこれで終わりと言わんばかりに、フェリクスはサッと片手を振ってマクセンに退室を促す。

「……わ、かりました」

マクセンは深々と下げた頭をゆっくり上げると、静かに部屋を後にした。

その際、主人の気持ちの変化を理解したマクセンがじわじわと緩んでいく口元を隠しながら去って行ったことを、フェリクスは知る由もない。

一人になったフェリクスは椅子にドサッと腰かけ、眼鏡を外してテーブルの上に置くと両手で顔を覆った。

「マクセンの悪癖にも困ったものだな」

彼が女性関係で揉めごとを起こすのは珍しいことではない。

とはいえ、あまり大きな問題になることはなく、あっても少し口論になる程度のものだ。

フェリクスとて、基本的にはマクセンのプライベートに口を出すつもりはない。

シュミット家の名を落とすことのないように、という条件さえ守れば、後は自己責任で好きにしていいと伝えている。

それでもよく口論になるのは、マクセンの想い人が揃いも揃ってフェリクスに惚れていたという状況が多かったからだ。

フェリクス本人が巻き込まれるようなことはないが、そのつどマクセンから愚痴を聞かされるのにはうんざりしていた。

ただ、今回は逆である。

フェリクスの相手に、マクセンが手を出していると言えなくもないこの状況。頭を抱えたくなるというものだ。

(相手がノリス家の令嬢でなければ口を出すこともなかったというのに)

そう、それだけだ。

無性に苛立つのも、ただでさえ婚約者を選ぶという面倒な状況に置かれているというのに、さらに厄介ごとを持ち込んでくるのが許せないだけである。

別に、メアリだからではない。

「ナディネ嬢やフランカ嬢だったとしても、同じように苛立ったはずだ」

自分で納得させようと呟くが、どうもスッキリしない。

それどころか、なぜか先ほどマクセンから花束を受け取って微笑んでいたメアリの姿ばかりを思い出してしまう。

メアリのほうは、満更でもなかったのだろうかと考えてしまうのだ。

それがまた、余計にフェリクスを苛立たせた。

「……シャワーでも浴びるか」

期日は迫ってきているのだから、余計なことに気を取られている場合ではない。

王都に残してきた仕事も気になり始めてきた。

うまく事が進まない今の状況がもどかしく、ストレスが溜まっているのだろう。気持ちを切り替えなくてはならない。

全てはストレスのせいだと結論付けて、フェリクスは上着を脱ぎながらシャワールームへと足を運んだ。

第六章　ドラマチックなプロポーズ

翌朝。身支度を済ませたフェリクスは自室で本を開いていたが、苛立ちによって内容が一文字も入って来ない状態であった。

それもこれも、ノリス家に滞在する期間が想定より長引いていることが一番の原因だろう。

当初の予定ではさっさと婚約者を決めて王都に戻り、今頃仕事をしていたはずだったのだから。

すでにノリス家に滞在して二十日ほどが過ぎている。

いい加減、婚約者を決めて話をつけてしまいたいという焦りが、思っていた以上にストレスとなっているのだ。

……と、フェリクスは考えている。

時折、やたらとメアリの姿が脳裏に浮かぶが、それはたまたま。気にするようなことではない、と。

（さすがにメアリ嬢は……やはり罪悪感が湧く）

もっと大人になれば十歳差など気にならないのだろうが、まだ若い彼女の自由を奪っていいものかと考えてしまうのだ。

（そもそも、なぜ自分がこんなにも悩まなければならないのか。急に婚約者を決めろという王命

はどう考えても横暴だ）

うんざりしたように本日何度目かのため息を吐きつつ、いまさらながらにそう考えた瞬間、フェリクスはハッとする。

（今回の話は父上とディルク副団長の計画なのでは……？）

年頃の姉妹がまだ婚約者を決めていないなんて、絶対に訳ありだとは思っていた。

だが蓋を開けてみれば、長女フランカと次女ナディネは単純に自身のやりたいことを優先して婚約を先延ばしにしていただけで、いざ自分が選ばれた時の覚悟くらいは決めていたように思える。

（大方、フランカ嬢を結婚させるために仕組んだことなのだろう。発端はディルク副団長か？）

このままでは自分の娘は誰とも結婚しないのではと焦ったディルクが誰かに相談を持ちかけ、その話を耳にしたウォーレスが、同じくいつまでたっても結婚を決めない息子を使おうと提案。

（僕が断れないように、陛下を巻き込んだのか。父上のやりそうなことだ）

その命を受けた宰相の息子であるフェリクスが選べば、フランカも結婚せざるを得なくなる。

領地を引き継ぐ問題や彼女の気持ちの問題はあれど、ディルクとしては結婚できないよりはマシといったところか。

親として、その選択が正しいかどうかはフェリクスにはわかりかねるが。

（僕に選択権を与えたのは、多少は罪悪感があったからか？）

三姉妹の中から誰かを選べなどというおかしな話をもっと疑うべきだった。

ただ、婚約に変な条件を付けるのは婚期を逃しかけている子どもがいる貴族家ではよくあること。

おかげでフェリクスは、シュミット家とノリス家が危機感を覚え、それを陛下も問題視したと思って疑っていなかったのである。

(あれこれ気遣って悩んでいたのが馬鹿馬鹿しいな)

次期ノリス領主問題についても、すでにノリス家側である程度の対応策を練っているのだろう。考えてみれば、フランカの悩みだって第一に家族がフォローするべきなのだ。

(……ふん。誰もが納得するようになど、最初から難しいとわかっていたはずだ。誰しも何かを我慢しなくてはならない。僕もまた、興味のない女性との結婚を我慢することになるのだから)

このままフランカを婚約者に選べば全てが解決する。

ウォーレスやディルクは思い通りになってさぞ喜ぶことだろう。

非常に癪だが、フェリクスはそれ以上にこんなことでいつまでも頭を悩ませるほうが嫌になってきていた。

(まだ若いメアリ嬢を候補に入れようと考えるほどだ。自分でも気付かぬうちに追い詰められていたんだな、僕は)

メアリのことを思って苛立つのも、罪悪感からきたもの。

そう一人で納得したフェリクスの行動は早かった。

本を置いて立ち上がると、部屋を出て真っすぐフランカの執務室へと向かう。

目的は、彼女に婚約者となってもらうことだ。

道中ナディネに引き留められたが、真剣な顔でフランカに大事な話があるのだと告げると、さすがに何かを察したのかあっさりと引き下がった。

自然と歩くスピードも速くなり、やや険しい表情で廊下を歩いていると、フランカの執務室からメアリが出てくるのが目に入った。

丸いトレーを抱えているところを見ると、自分で作ったお菓子の差し入れでも持って行ったのかもしれない。

お菓子を作るメアリの姿を想像したフェリクスは、少しだけ冷静になれた気がした。

なぜかはよくわからないが肩の力が自然と抜け、怒りも収まっていく。

（さまざまな思惑をほぼ確信しているとはいえ、推測の域を出ない。いくらストレスが溜まっているからといって、冷静さを欠くのはよくなかった）

フェリクスは一度目を閉じ、ゆっくりと長い息を吐く。

再び目を開ければ、メアリがニコニコしながら歩み寄ってきている。

フェリクスの鼓動はなぜか速くなった。

「どうかしましたか？　フェリクス様」

メアリの穏やかな声かけが心地よく耳に響くと同時に、ふとこの現状が父親たちのせいだと彼女が知ったらどう思うだろうかと気になった。

自分と同じように腹を立てるだろうか。

それとも、仕方のないことだからと受け入れるのだろうか。

そもそも今回の婚約話にはあまり関係のない立ち位置にいるメアリは、この奇妙な婚約者選びについてどんな意見を持っているのだろうか。

彼女のほんわかとした穏やかな笑みを見た瞬間、フェリクスは無性にメアリの考えが気になってしまった。

「えっ」

それは、無意識の行動だった。

気付いた時にはフェリクスはメアリの手を取り、彼女の澄んだ水色の瞳を真剣な顔で見つめていた。

「メアリ嬢に聞いてみたいことがあるのです。少し、二人きりになれませんか？」

普通の少女であれば勘違い必至の状況。

だが、相手はメアリだ。

彼女はきょとんとした顔のまま、こくりと首を縦に振った。

美しく整った顔を間近で見ようが手を取られようが、メアリの中の乙女心はまだ目覚めないようである。

「では、私の部屋へ」

「……さすがに、年頃の令嬢の部屋へ行くわけには」

「でも、それ以外に二人きりで話せる場所がありません。ほかの部屋はいつ誰が来るかわかりませんし、町へ行ったとしても同じことですよ？」

「ですが、やはりダメです。貴女はもう少し危機感を持つべきですよ」

「そうですか？」

フェリクスとてメアリに手を出すつもりは微塵もないのだが、そういう問題ではない。

それこそメアリの部屋に出入りするところを誰かに見られでもしたら大問題だ。

「あっ、では果樹園のほうへ散歩に行くのはいかがです？　お話は歩きながらになってしまいますが」

「いいですね。そうしましょう」

そのため、続けて出された提案には一も二もなく賛成した。


屋敷を出て、しばらくは他愛もない話が続く。

そうして周囲に人気(ひとけ)がなくなったころ、フェリクスはようやく話を切り出した。

「そろそろ、本題に入りますね。何か勘付いたことがあればおっしゃってください。言い当てられても不快になったりはしませんから」

「は、はい。わかりました」

前置きを聞いて少し緊張した様子のメアリは、フェリクスが話し始めるとその表情を引き締めた。

たまに軽く頷き、驚いたように目を丸くしながらも、話を遮ることなく最後まで黙って聞くメアリにフェリクスは好感を抱く。

推測を人に話す時は、途中で口を挟まれることのほうが多い。

それが悪いわけではないが、話の腰を折られないという点でメアリの姿勢は非常に助かった。

「……と、いうのが僕の推測です。考えすぎかもしれませんが、もしこれが本当だったとして、メアリ嬢がどう思われるのかが気になったのです」

一通り話し終えたフェリクスは話を締めくくると、今度は黙ってメアリの反応を待った。

メアリはひたすら何かを考えるように、軽く握った拳を口元に当てている。

フェリクスの推測を聞いて自分なりの考えをまとめているのだろう。

(適当な返事をしない辺り、やはり彼女には好感がもてる)

質問をされると、人はすぐに答えなければという心理が働く。

実際、黙り込むと「なんとか言え」と急かされることも多いからかもしれない。

だがフェリクスは、そのせいで適当な返事をされるほうが嫌だった。

だから、考えていることがわかるメアリを心の中で高く評価したのだ。

フェリクスの姿勢はやはり上から目線。つい人を評価してしまう彼の癖はなかなか直らないようだ。

「私も、その推測は当たっていると思います」

しばらくして、メアリはポツリと告げた。

フェリクスがパッと彼女に目を向けると、困ったように微笑むメアリと目が合う。

それがどうにも落ち着かなくて、フェリクスは少しだけ視線を逸らした。

「もしフェリクス様がフランカ姉様を選ばれた場合。おそらく、お父様はフランカ姉様に領地経営から手を引くようにとおっしゃるかと」

「なぜ、そうお考えに？」

「私がいるからです」

つまり、領地経営はフランカの代わりに自分が継ぐことになるだろう、と言うのだ。

考えてみればそれは当たり前のことだった。

フランカは長女であるし、有能で本人にもやる気はあるが、必ずしも彼女でなくてはならない理由はない。

「私にできるかできないかは誰も考えていません。やらなければならないことは、できるようになればいいだけですもの」

メアリの言う通りだ。

領地を背負う立場となるなら泣き言など言っていられない。

彼女はそれをきちんと理解している。

「後は婚約者に選ばれたとして気持ちが伴うかどうかですが……。それはお互い様でしょう？」

ふわりと大人びた笑みを浮かべるメアリに、フェリクスはたじろいだ。

年の離れた娘に対し、なぜこんなにも動揺してしまうのか。

己のプライドをへし折られているというのに、不思議と不快感はない。

そのことが余計にフェリクスを混乱させていた。

「ですから、フェリクス様は深く考えずに婚約者を選んで良いと思います。その後のことを考えるのは、ノリス家の者です」

実に模範的な答えは、先ほど怒りに任せて考えていたフェリクスの考えとも一致している。

それをノリス家の者が言ってくれたということに、肩の荷がフッと軽くなった気もした。

だが、そうではない。

フェリクスが求めている答えはそういうことではないのだ。

「……質問を変えます。メアリ嬢、貴女はこの婚約者選びがどうなってほしいですか？」

お行儀の良い答えなど、求めているわけではなかった。

メアリ自身の率直な意見が知りたいのだ。

まったくもって意味のない質問だということはフェリクスもわかっている。合理主義の自分らしくないとも。

だが、なぜか聞かずにはいられなかった。

「貴女の意見を聞いたから僕が考えを変えるとか、そういう話ではないので安心してください。ただ参考までに聞かせてもらいたい。僕は、メアリ嬢の意見に興味があるのです」

「……なぜ、私の意見などに興味があるのですか？」

メアリの言葉を受けて、フェリクス自身も疑問に思う。

なぜここまで彼女の意見が気になるのか。

いつもニコニコとしているだけの令嬢に、自分は何を求めているのかと。

（いや。ただニコニコしているだけの令嬢ではないから気になるのだろう）

改めてフェリクスはこの屋敷に来てから見たメアリを思い出す。

彼女に対して抱いていた違和感。

妙に目に留まる不思議さ。

その時々で起きた出来事。

思えば彼女と遭遇した時は、いつだってフェリクスにとってタイミングが良かった。

そう、タイミングが良すぎたのだ。

それらが全て繋がった時、フェリクスはようやく気付く。

今までメアリはわざとそうなるように動いていたのだということに。

ふいに、フェリクスはフッと声を出して笑った。

「食事の時に僕だけ野菜が多めになったのも、朝食時にカーテンを閉めるよう伝えたのも、貴女だったのですね？　メアリ嬢」

突然変わった話題ではあったが、メアリはすぐに得心がいったというように穏やかに笑んだ。

それはまるで、「やっと気付いてくれたのですね」とでも言うかのように。

「そういえばナディネ嬢と出かけた時、食堂にやたらと体格の良い職人が来ていました。あの店の看板娘は貴女の親友だとか」

フェリクスは思い出し笑いをしながら話を続ける。

メアリは初めて見る楽しそうなフェリクスの様子に驚くと同時に、少しだけバツが悪そうに苦笑した。

「そうそう。屋敷では自由に本を読んでいいとのことでしたので、僕は毎日本棚を見に行きました。ところがある日を境に、僕好みの本がやたらと並べられるようになったのです。その時は、好みが同じ者が本を入れ替えたのかと深く気にしませんでしたが……今思えば不思議な話ですよね」

ほかにも、フェリクスがよく向かう庭に行った時、使用人が「先ほどまでメアリ様がいらっしゃったんですよ」と教えてくれたことが何度かあった。

（そのたびに、少し時間がズレていたら会えたかもしれないと思ったものだが……もしかすると僕が屋敷の者たちの行動パターンを把握していたように、メアリ嬢は僕の行動を予測して先回りしていた可能性がある）

自分が当たり前にやっていたことをほかの者がやらないとは限らない。

人を見下しがちなフェリクスの盲点だった。

「メアリ嬢が作った焼き菓子……大変美味しかったです。思わず香りに誘われてしまいましたよ。まるで、僕が近くにいたことを知っていたかのようなタイミングでした。うぬぼれですかね？」

さてどうでしょうとでも言うように、メアリはフェリクスの目を見てニコリと笑った。

ほかにも、フェリクスが気付いていないことがまだあるのかもしれない。

メアリがたくさん仕掛けた計画に綺麗に嵌まったものだけが、フェリクスにとって強い印象として残っているのだろう。

それは全て推測だが、彼女の様子を見るに間違いないと感じた。

「貴女の意図までは残念ながら僕にはわかりません。メアリ嬢、それらの行動はただの偶然ですか？」

「……フェリクス様は、どう思いますか」

質問に質問で返すのは褒められたことではないが、フェリクスが気を悪くすることはない。

それどころか、どこか嬉しそうに笑っている。

実際、フェリクスは楽しかった。

嵌められたことが、こんなにも楽しいと思える日が来るとは。

今フェリクスの顔に浮かぶ表情は、決して作り笑いではなかった。

「何か裏があると思っています」

「まあ」

「気を悪くしましたか？」

「……ふふっ、いいえ」

フェリクスにつられてメアリも笑った。

「お話ししてしまえばフェリクス様を呆れさせてしまうかもしれませんが……おっしゃる通り、裏がありました。正直に話しても？」

「ええ、ぜひ」

どこか挑戦的にも見えるメアリの視線を受け、フェリクスは笑みを深めて話を促す。

メアリは目元を和らげると、落ち着いた様子で話し始めた。

「私は、姉様たちには最も幸せになれる道を進んでほしいと思っています」

「家族思いなのですね」

「……私は姉たちをとても尊敬しているのです。フランカ姉様は厳しく難しい領地経営の勉強に励み、ケビン様のお墓があるノリス領と共にありたいと願っていますし、ナディネ姉様は努力が実を結んで女性騎士団への入団が決まり、希望に満ち溢れています。それなのに、いつも私を優先しようとするのですよ」

「僕が婚約者に選べば、彼女たちのどちらかから夢や希望を奪ってしまう。ですよね？」

「そうですね。フェリクス様が婚約者を選ばなくてはならない時点で、最善はないかもしれません。でも、その中でせめて最良の道をと思ったのです」

メアリは一度そこで言葉を切ると、深く息を吐き出してからフェリクスの正面に立った。

フェリクスにはメアリの水色の瞳が、宝石のように輝いて見えた。

「フェリクス様。私を婚約者として選ぶ気はありませんか？」

大人びた微笑みを浮かべながらメアリが告げた言葉は、しばしフェリクスの脳内を駆け巡る。

「私はこの婚約に、不満も我慢することもありません。フェリクス様さえ私でも良いと思えるのでしたら、これこそが最良の道だと思うのです」

メアリが朗らかに言い切った数秒後。

ついに耐え切れないといった様子でフェリクスは大声を上げて笑い出した。

こんなふうに笑うなど、フェリクス自身も何年振りかわからない。

畑が続く誰もいない道で笑い声が風に乗る。

メアリもつられたようにニコニコと笑みを浮かべていた。

「これはやられましたね。どうやら僕は、知らない間に貴女自身に売り込まれていたようだ」

「はい。そして、貴方がこうして気付いてくれるのをずっと待っていました」

「そうでしたか。まんまと策略に嵌まりましたね。僕としたことが、迂闊でした」

「そうおっしゃるわりには、楽しそうに笑うのですね？」

「ええ、自分でも不思議に思います」

「では、その……ご気分を害されては……？」

「いませんよ。ご安心ください」

フェリクスが穏やかに答えたことで、メアリはホッと肩の力を抜いた。

「とはいえ、貴女は僕に惚れているわけではないでしょう？　むしろ、あまりそういった感情に興味がないのでは？」

「ええ、おっしゃる通りです。ですが、少なくともフェリクス様のことは好ましいと思っています。それで十分では？」

「同感です。僕も、貴女を好ましいと思っていますよ」

好ましい。

自分で言葉にしてしっくりときた。

（ああ、そうか。僕は彼女を好ましいと感じていたんだな。だからこんなにも気になっていたのかもしれない）

フェリクスは再びメアリと目を合わせると、今度は彼女と噴き出して笑い合う。

澄み渡る晴れ空は、なんだか二人の心を表しているかのように美しい。

それから少しして、フェリクスは姿勢を正した。

メアリも何かを察して背筋を伸ばしている。

「参りましたよ、メアリ嬢。……いえ、メアリ」

その場に片膝をついて、フェリクスはメアリの手を取った。

もう片方の手は自身の胸に当て、水色の瞳を見上げる。

その様子はまるで物語に出てくる王子様のようだ。

周囲が畑だというのにロマンチックな雰囲気になってしまうのは、フェリクスの整った容姿の力だろう。

(もう、迷うことなどないな。彼女以外に適任者はいない)

これはお互い合意の上。

しかも、メアリが意図的に仕向けたことでフェリクスの婚約者選びに対する罪悪感は消えていた。

清々しい気持ちの表れか、フェリクスは誰も見たことがないほど柔らかで優しい表情を浮かべている。

「どうか、僕と婚約していただけませんか?」

フェリクスは本気だ。

たとえそこに愛がなくとも、メアリの人生を背負う覚悟を決めた。

一方メアリは、そんなフェリクスの覚悟もロマンチックな雰囲気もわかってはいない様子だったが、返事の仕方くらいはきちんと心得ていた。

「はい。どうぞよろしくお願いいたします」

差し出された手をそっと握り返して答えると、フェリクスは立ち上がって「ありがとうございます」と微笑む。

その笑みは残念なことにいつも通りの胡散臭いものに戻っていたのだが、メアリに気にした様子はない。

なぜならこの姿こそが、メアリの知る腹黒眼鏡の次期宰相様なのだから。


「これで少しは目にもの見せられると思いますよ。私の父に」

「どういうことです?」

来た道を戻りながら疑問を口にするフェリクスを横目で見て、メアリは蠱惑(こわく)的に笑む。

「だって、家族の中でお父様が最も私を溺愛していますから。厄介な案件を持ち込んだ仕返しとしては、これ以上ないほど完璧だと思います」

悪びれもなく告げるメアリに、フェリクスはまたしても大笑いした。

「こんなに笑ったのは久しぶりです」

「楽しんでもらえてよかったです」

これを機にもう少し互いを知ろうということで、二人は遠回りして帰ることにした。

好きなことや嫌いなこと、得意なことや苦手なことなどいろいろな話をする中で、思ってもいない角度から返事をしてくるメアリに、フェリクスはいちいち愉快な気持ちにさせられた。

話題は絶えず、今回の婚約者選びについて移り変わる。

フェリクスが知らされたのはノリス家へと向かう二日前だったと聞いて、メアリはとても驚いた。

「それはなんと言いますか……なかなかですね」

「ええ、なかなかひどいでしょう？　けれど、仕事においても重要なことをギリギリになって言われるというのはよくあることなので、今回も対応してしまったのですよ。困ったものです」

心底うんざりしたように大きなため息を吐いたフェリクスに、メアリが同情の目を向けている。

実際のところ、困るだけでしっかり仕事はこなすし、それ以上の仕返しも必ずするようにしているフェリクスだが、それは言わなくてもいいだろう。

せっかく同情してくれているのだから、ありがたくその気持ちをいただくつもりだ。

「初めて婚約者選びの話を切り出された時は不愉快でしかなかったですけどね。けれど、こうして良い出会いもあったと思えば、少しは気が晴れるというものです」

「それは私もです。我が家としては来るべき時が来たか、という感じではあったのですが。フェリクス様が話の分かる方で本当に良かったと思います。これも良縁と言えなくもないのでは？」

「良縁と言えますね。メアリにもそう思っていただけたなら、光栄です」

話の分かる相手で良かったと思ったのは自分のほうだとフェリクスはつくづく感じていた。

変に愛を求めてくることもなければ、喧嘩を売ってくることもない。

あくまでビジネスとして婚約に応じてくれる女性などそうはいまい。

（今後ずっと結婚相手を無駄に勧められることを思えば、今回ノリス家に来たのは正解だったかもしれない。感謝だけは絶対にしてやらないが）

それはそれ、これはこれである。

陛下にまで頼って強制的に話を進めたことは一生根に持つ予定だ。

「それにしても、プロポーズってもっと緊張するものだと思っていました」

メアリに言われ、さすがに不満があっただろうかとフェリクスはちらりと隣を気にする。

彼女も年頃の娘だ。人生における特別な瞬間というものに憧れを抱いていてもおかしくはない。

その点において、先ほどのプロポーズはロマンチックのかけらもないものであった。

いまさらだが申し訳ない気持ちが込み上げてくる。

「友人から借りた小説では、プロポーズがとてもドラマチックに描かれていたので。実は、あんなふうにするのが一般的なのだと思っていました」

一体、どんな小説でどのように描かれていたのかが気になるところであるが、いずれにせよ物語とは誇張して表現されるもの。

現実で同じようにすればいいというわけでは決してない。

意外とメアリにも乙女な部分があるのかと思いかけたが、どこまでも不思議そうに告げる彼女からはプロポーズに対する憧れがあるようには見えない。

「期待にお応えできなくて申し訳ありません、と謝るべきでしょうか」

心情を測りかねたフェリクスが本音を伝えれば、メアリは慌てて両手を横に振る。

「いいえ、むしろ助かりました。大げさに愛を叫んだり、歌を歌いだしたり、急に抱き締められたりすることがなくて！　あんなふうにされたら、恥ずかしすぎて逃げ出していたかもしれません」

「それを聞いて安心しました。メアリが僕と同じような感覚の持ち主で」

フェリクスも、叫んだり歌ったりしなくて済んで心の底から安堵している。

もちろん、実際に叫ぶ人や歌う人もいるだろう。愛し合っているのであれば抱き締める人は多そうだ。

それらを否定する気も笑う気もないが、フェリクスにはできそうもなかった。

「一般的かどうかはわかりません。他人のプロポーズなんて見る機会はそうそうありませんからね」

それもそうだとメアリは納得したように目をまたたかせている。

どうやら、ただの好奇心だったようだ。

「では、小説のようにドラマチックなプロポーズをする方もいるかもしれないってことですね」

「いるかもしれませんね。よほどロマンチストなのでしょう」

「私には無理ですが、ちょっと見てみたい気もします」

「……僕はやりませんからね？」

期待の込められた視線を感じたのですかさず拒否を示すと、メアリは冗談ですと言いながらクスクス笑う。

今の目はあわよくば見られるかもしれないと思っていたに違いない。

油断も隙もない婚約者様だ。

「フェリクス様のプロポーズも、ある意味ドラマチックでしたよ。パズルのピースがはまっていくような高揚感がありました」

「ふむ。どちらかというと、恋愛小説というよりはミステリー小説のような展開だったかもしれませんね」

「そうです！　まるで犯人を追い詰める探偵みたいで。私、小説も恋愛よりミステリー小説のほうが好きなのですよ」

「おや、気が合いますね」

フェリクスが純粋に会話を楽しんだのはいつぶりだろうか。

（それにしても話が合う。あらゆる意味でメアリは奇跡のような存在だ。出会えて良かった）

窮屈でしかないと思っていた結婚だが、今はそれも悪くないと思える。

メアリとなら、長い人生を共に過ごすのも楽しめそうだ。

この気持ちの変化が一体何なのか。

それにフェリクスが気付くのも、あと少しかもしれない。


さて、二人の間では婚約することが決まったものの、まだまだ面倒なことは残っている。

中でも一番厄介なのは、ノリス家への報告だ。

まさか誰もメアリが婚約者に選ばれるとは思っていないはず。完全に予想外の出来事であろう。

あれほど愛されているメアリを妻に貰うというのだ。間違いなく反対される。

特に姉たちの反応は目に見えていた。

屋敷に戻る道すがら、これからのことについて相談をしていると、メアリが急に立ち止まった。

「そのことなのですが……。あの、フェリクス様は演技に自信はおありですか？」

第七章　演じる二人

ノリス家に小さなざわめきが広がっていた。

その理由はフェリクスとメアリの行動にある。

どこかに出かけていたらしい二人が一緒に帰って来たからだ。

それだけならまだしも、フェリクスにエスコートされたメアリという二人の姿は妙に仲睦まじく、どことなく距離も近い。

「それでは、あとで部屋に伺いますね」

「はい。お待ちしています」

極めつけはこのやり取り。

これには驚愕した顔で様子を見ていたナディネも黙ってはいられなかったようで、足早にメアリに駆け寄った。

「メ、メアリ？　どうしてフェリクス様と？　いえ、それよりも！　あとで部屋にって……!?」

「はい、あとで私の部屋に来てくださると約束をしましたが……どうかしましたか？」

青ざめるナディネを前に、よくわからないといった様子で首を傾げるメアリ。

そんな姉妹のやり取りを、フェリクスは視界に入らない場所でこっそりと聞いていた。

「どうもこうもないよ！　だ、だだだダメだからね⁉　と、殿方を自室に呼んだりしてはっ！」

どうやらナディネは相当な初心らしい。

メアリと違って感情がそのまま表に出るナディネはいちいちリアクションがオーバーだ。

「お渡しするものがあるだけです。自室内に招くわけではないので大丈夫でしょう？　部屋の前でお渡しします」

「えっ、あ、そ、そうなの？　それくらいなら、まぁ……」

つい数時間前、なんのためらいもなくフェリクスを自室に招こうとしていた無知な少女と同じ人物とは思えない自然さである。

こんなものは演技ではなく、これがメアリにとっては日常なのだ。

嘘を吐いているわけではなく、本当のことを言わないだけというこのやり口はフェリクスもよくやることだ。

あえて相手が誤解するような言葉を選び、それとなく聞かせるという手も。

ニコニコと笑みを浮かべるメアリを見て、口角が上がってしまうのを隠すように片手で口を覆いながら、フェリクスは静かにその場を離れた。

その後、夕食の前にメアリの部屋を訪れたフェリクスは、彼女から焼き菓子を受け取った。

何を渡されるのかまでは知らされていなかったため、予想外のありがたい贈り物にフェリクスも自然と笑みが浮かぶ。

「ありがとうございます。手作りですか？」

「はい。味が二種類ありますから、どちらがお好みだったか今度教えてください」

「ええ、必ず」

使用人が多く行き交う時間を狙ったおかげで、二人のやり取りを見ている者は多い。

心配で様子を見に来たナディネが柱の陰に隠れているのもフェリクスは気付いていた。

女性騎士になるというのに、尾行があんなにわかりやすくて大丈夫なのかと心配になるほど隠れられていない。

（ナディネ嬢が見ているなら、もう少し親密に見せたほうがいいかもしれないな）

フェリクスはそっとメアリの手を取り、その指先にキスを落とす。

思ってもみなかった行動に、メアリの頬が赤く染まった。

「フェ、フェリクス様っ⁉」

「本当に嬉しかったので、つい」

続けて戸惑うメアリの肩に手を置き、そっと耳元に顔を近付けたフェリクスは、彼女にだけ聞こえるように「これも作戦ですので」と告げる。

言葉を失いつつも首を数回ほど縦に振ったメアリに対し、フェリクスは至近距離で極上の笑みを向けた。

「次は僕から贈り物をさせてくださいね、メアリ」

周囲で膝から崩れ落ちるメイドたちの気配を感じる。

ついでに、尻餅をついたらしいナディネの気配も。

見目麗しい男がする甘い行動はなかなかに刺激的だったようだ。

上出来な結果に満足したフェリクスは、ではまた夕食で、と言い残してその場を立ち去る。

（思い合う男女の演技をするなど自分にできるか心配していたが……意外と簡単だったな）

何食わぬ顔で廊下を歩きながら、フェリクスはご機嫌な様子で自室に戻った。


それからというもの、連日演技を続けた二人は、ノリス家の使用人たちに「二人が婚約するのだ」という認識を植え付けることに成功する。

「フェリクス様、今日は一緒に町まで行きませんか？」

「もちろん。喜んで」

周囲を味方につけるため、極力メアリのほうから誘うようにという作戦はかなり効果的なようだった。

メアリがフェリクスを好いていると感じとった使用人たちは、揃って恋するメアリを応援したくなっていた。

ただ、ユーナ夫人と姉二人だけは認めたくないのか、現実から目を逸らしている。

溺愛している身内となれば、応援したいよりも取られてしまうという危機感のほうが強くなるようだ。

いずれにせよ、彼女たちが何かしらの行動に出るのも時間の問題。

実のところ、フェリクスとメアリの狙いはそれだった。

家族のほうから、話を切り出してもらう。

これが今の作戦における目標だ。

メアリの計画はまたしても確実な成果を上げている。

フェリクスはそのことに改めて感心しながら、作戦会議のことを思い出した。

◇

「フェリクス様は演技に自信がおありですか？」

メアリからそう問われたフェリクスは、意味を測りかねて首を傾げた。

しかし彼女はそれを気にすることなく、拳を握りしめながら力説し始める。

「みんなから質問攻めに遭うと思うので、設定を決めておくのはどうかと。それも、文句がつけられないほどの」

「なるほど。それで演技ですか」

確かに、お互いの利害が一致したからという理由ではノリス家の理解は得られないだろう。愛するメアリを渡すものかと余計に面倒なことになりそうだ。

「すでに良案を思いついていそうですね？」

フェリクスは確信めいた声色で彼女に視線を向ける。

メアリはニコリと嬉しそうに笑って当然だとでも言うように答えた。

「ふふっ、実はそうなんです。フェリクス様の婚約者に選んでもらうつもりで動いていたのですから、その先のことも考えているのは当たり前ではないですか」

百点満点の答えに、フェリクスの口角が上がる。

（彼女のこういうところが好ましいな）

メアリは選ばれることをゴールとせず、その先の問題についても考えている。

きっと今後も厄介ごとをフェリクスに丸投げしないできちんと自分で考え、相談もしてくれるだろう。

フェリクスが満足げに頷いていると、メアリはまず大まかな設定をお教えしますね、と告げてから、まるで歌でも歌い始めるかのように両手を組んだ。

「私たちは、最初からお互いの存在がずっと気になっていたのです。けれど年齢差を考え、一歩踏み出せずにいて……。でも、この短期間で意気投合。どうしようもなく愛し合うようになっていくのです。運命の出会いというやつですね。これは家族でも引き裂けないはず」

「それはまた……歌劇にでもなりそうな設定ですね」

大真面目に愛だの運命だのと聞かされたフェリクスは、ぽかんとしたまま冷静に言葉を返す。

ある程度の予想はしていたが、そこまで情熱的な愛を演出するとは思ってもいなかったのだ。

こくりと頷いたメアリは、さらに言葉を続けた。

「好意を抱いている、という程度では『一時の気の迷いだ』『かわいそうだけれど次の恋を探しなさい』と引き離されるのがオチです。けれど」

メアリは両手をさらにギュッと組んでフェリクスを見上げた。

フェリクスはその勢いに少しだけたじろいでしまう。

「母も姉たちも、深く愛し合っている二人を引き裂けるほど非情にはなれません。これは間違いないと思います」

生半可な覚悟ではメアリを婚約させられない、ということだ。

だからこそ、情熱的な愛を演出する必要があるのだろう。

正直なところ、フェリクスの立場であれば有無を言わさずメアリを婚約者として連れ出すことは可能だ。

だがそうしないのは、今後のノリス家との関係悪化を防ぐためである。

彼女たちというよりは、父親であるディルク副団長を敵に回すのは悪手だ。

最愛の末娘を貰うという時点で悪感情を向けられることが決定している今、少しでも平和的に解決したい。

そのための根回しなら、フェリクスも多少の苦労は受け入れるつもりであった。

メアリの力説にフェリクスは納得したように頷く。

だが、急にメアリがその勢いを弱めた。

「あ、その。これでフェリクス様のご家族が納得してくださるかはわかりませんが」

「ああ、僕の家族ですか？　……息子が誰かを愛するとは微塵も思っていないでしょうね。最初は信じてもらえないかもしれません」

「なるほど。反対はされなさそうですか？」

「それは間違いありません。父は僕が結婚さえすれば良いと思っていますから。よりにもよって末娘を選ぶとは、と頭くらいは抱えるかもしれませんが。まぁ、いい気味なのでお構いなく」

フェリクスの言葉を聞いて、メアリは一瞬その動きを止める。それからややあって同情したような視線を送った。

おそらく、フェリクスがこんなにも人に対してドライなのは、自らもそんなふうに育てられたからだと理解したのだろう。

だが、フェリクスとしては同情するのはこちらのほうだと思っている。

いくら愛されているからといって、そこまでしないと婚約を認められないというのは行きすぎた愛情だ。

二人は同時に（かわいそう……）と憐れみの目を向け合った。

気を取り直し、フェリクスは話題を切り替えるべく口を開く。

「……こほん。ですが、情熱的な愛の演出は話題性を得られるかもしれませんね。僕は貴族界でそれなりに注目されている身なので、これまでまったく女性に興味を持たなかった僕が、初めて恋に落ちたと面白おかしく騒がれる可能性は高いです」

「……えっ、一度も興味を持たなかったのですか？」

「ええ。一度も」

真顔で答えるフェリクスを、メアリは驚いた顔で見つめる。

（大体、何を考えているのかがわかるな。よくあることだが）

この手の話をした時には、いつも同じように見られる。

面白みのない男だと呆れられることもよくあることだった。

年配の男たちには『女遊びの一つや二つは男の嗜み』だと意味の分からぬことを言われるし、女性たちからは『愛のない人なのね』と勝手に幻滅される。

実際、面白みがないのはその通りなので、フェリクスも否定する気はないし、気にもしていない。そんな態度がますます周りを呆れさせるのだが、それさえも彼にとってはどうでもよいことだった。

期待も幻滅も、勝手にすればいい。

自分はただ己の有能さを言動で見せつければいいのだから。

そうすれば、誰も文句は言えなくなるのだ。

そういった周囲の反応こそが、フェリクスの冷めた思考に拍車をかけたのかもしれない。

「よかった……」

「……はい？」

だが、メアリからは予想とは違う反応が返ってきた。

安堵したように笑っているメアリの気持ちが理解できないフェリクスは、眉根を寄せながら彼女を見下ろした。

「あ、すみません。実は、私も異性に興味を持てなくて。親友にはときめきを感じないなんておかしいって言われているのですけれど。フェリクス様のように、大人になってもそう考える人がいるとわかって安心しました」

女性というものは、誰しも結婚に憧れを抱くものだとフェリクスは思っていた。

だが、そうではない人もいるらしい。

考えてみれば、自分だって普通とは少しズレた感覚を持っている。ほかにも似たような感覚を持つ者がいたって不思議ではないのだ。

どこか泣きそうにも見える笑顔をふわりと浮かべるメアリを見て、フェリクスは少し自分に似ているのかもしれないと思った。

価値観が、というよりは人に理解されにくい感覚を持っているという点で。

(……なんだ？　変な感覚だ)

ふと、フェリクスは胸のあたりに違和感を抱く。

不快なものではない。

ただ、メアリを見ていると妙にざわつくのだ。

「それでですね、そんな恋愛に興味のない私たちが大恋愛をしないといけないわけですが」

大恋愛。

その一言で一気に現実に引き戻された気がする。

一応はフェリクスも恋愛小説や歌劇を見て、恋や愛がどういうものかは知っている。

だが、一度たりとも理解や共感をしたことはなかった。

おそらくメアリも同じだろう。真剣な目がそれを物語っている。

「……そう思わせるには、フェリクス様が恋するまなざしで私を見る必要があります。まぁ、私もですけれど」

「ふむ。努力しますよ」

いくらフェリクスが有能とはいえ、経験したことのない感情を向けるのは難しい。だから今は、努力するとしか答えられなかった。

ただ、恋愛をしている者を見ることはあったので、恋するまなざしらしきものを向けることはできるかもしれない。だが観察力の優れた者にバレる可能性はありそうだ。

しかし、それも致し方ないこと。

ひとまず大多数の人に〝愛し合っている二人〟だと思ってもらえればそれでいい。

できるだけ優しく、それでいてメアリだけを見るように意識すればよいだろう。

「いずれは貴族の方々にもそう思っていただくわけでしょう？　付け焼刃では自信がありません。ですので、まずは私の家族の前で試しませんか？　つまり、今からでも演技を始めるのはどうでしょう？」

そもそも、最大の難関であり本来の目的でもあるメアリの家族に信じてもらうのが先決なのだ。

些か不安は残るものの、ノリス家を信じさせることができれば、ほかの人にも信じてもらえるとも言える。

「ええ、構いませんよ。どのみち期限まであと少しですから、あまり余裕もありません。まずは二人で過ごす時間を増やしましょうか。人の目があるところで」

二人の仲が深まっている姿を見せることで、婚約の報告にワンクッション挟むという作戦だ。

突然知らせるより、説得力も増すだろう。

（それにしても、計画を語るメアリは生き生きとして見えるな）

これまでもこんな様子で作戦を練っていたのかと、フェリクスは愉快に思う。

本来ならば憂鬱になってもおかしくない政略結婚なのだが、自分も相手も少しでも明るい気持ちでいられるのならそれにこしたことはない。

「仲睦まじい姿を見せることで、母たちからのアクションを待つのはいかがですか？　そこで婚約することを伝えるのです」

「良い案ですね。みんなが見ている場で仲を深めるのなら、後々どこかで馴れ初めを聞かれても嘘を吐かずにすみそうです」

「そうなんです！　できることならあまり嘘は吐きたくありませんから」

根が純粋なのだろう。人を騙すようなことには抵抗があるのかもしれない。

フェリクスはそんなメアリを思いやり、今後巻き込まれるかもしれないどす黒い貴族の闇に直面した時は自分が盾になろうと密かに決意した。

「ただ、フェリクス様にとってはあまりやりたくない演技かもしれませんが……」

突然メアリがどこか申し訳なさそうに目を伏せる。フェリクスにこんなことをやらせるのはどうかという気持ちがあるようだ。

しかし、フェリクスはむしろ楽しんでいた。

子どものような作戦ではあるが、実際はかなり効果的だろうことがわかるからだ。

それに、今度は自分が仕掛ける側に回れることが愉快でならない。

本来フェリクスは罠を仕掛ける側の人間なのだ。

「そんなことはありませんよ。僕たちにとっても、互いを知るいい機会になるではないですか」

まずは、自分が意外と乗り気だということを伝えなければ。

得意の胡散臭い笑みを浮かべてそう告げると、メアリは目を丸くしてフェリクスを見上げた。

「せっかく夫婦となるのです。仲が悪いより、親しくできるならそのほうがいいですよね？」

「ええ！　私もそう思います！」

パアッと花開くかのような無邪気な笑みを浮かべて喜ぶメアリに、フェリクスの胸が急にドキッと跳ねた。

「よかった。フェリクス様も同じように考えてくださる方で」

安心したように告げるメアリを見て、フェリクスは改めて責任の重さを感じる。

本来、結婚はもう少し先だったはずのメアリ。

家族のことを思い、自分が選ばれるのが最もみんなが幸せになれると申し出た優しい娘。

ストレスを抱え悩んでいた自分の救世主でもあるメアリには、できる限りの便宜を図りたいとフェリクスは思う。

今後、彼の主戦場でもある王城という貴族社会に引きずり込む以上、どうしても負担をかけてしまうことは避けられない。

だからこそメアリの望みは何でも叶えてやりたい。

これは自分の義務なのだと。

(結婚相手に「幸せにする」と告げるなど……世の男どもはどこからそんな自信が生まれるのや

ら）

どこまでも現実主義なフェリクスとしては、そんな保証もできない約束など軽々しく口にはできないと考えてしまう。

（望まぬ結婚をさせる時点で、幸せになどなれやしないだろうに）

そう考えた瞬間、フェリクスの胸の奥がチクリと痛んだ。

今日は胸が痛んだり急に跳ねたりとどこかおかしい。

疑問に思いながら、不可解な痛みを振り払うかのようにフェリクスはメアリに腕を差し出した。

「せっかくです。今から始めましょう」

「！　そう、ですね。では、失礼します……」

おずおずとフェリクスの腕に手をかけたメアリは、腫れ物を触るかのような慎重さで触れてくる。

（これは……こちらのほうが恥ずかしくなるな）

思わずクスッと笑ってしまったフェリクスに、メアリはビクッと肩を震わせた。

「す、すみません。おかしかったですか？」

「いいえ。もっとしっかり掴んでも大丈夫ですよ。ただ、不快なら無理はしないでください」

「不快だなんて！　ただ、不慣れなだけですから」

フェリクスとしてはからかうつもりはなかったが、メアリはムキになったように今度はギュッと抱きつく勢いで腕にしがみついた。

フェリクスの身体が一瞬だけ硬直する。

(十代の若者でもあるまいし。……何を動揺しているんだ、僕は)

まったく気のない女性からもっと過激なスキンシップをされたことだってあるのに、メアリが相手だとなぜか緊張してしまう。

それもこれも、メアリが婚約者という立場だからかもしれない。

フェリクスはそう思うことにした。

「メアリ……今度は少し、近付きすぎですね」

「あれっ？　ごめんなさい」

「謝る必要はありません。失敗は今のうちにしておきましょう」

「わ、わかりました。ではこのくらい……？」

「力加減は良くなりましたが、まだ少々近いですね。歩きにくくなりませんか？」

「歩きにくい……確かにそうですね。えっと、ではこのくらいでしょうか」

しかし、一方でメアリはそういった方面にとことん疎いらしく、フェリクスが注意をしても不思議そうに首を傾げているだけだ。

恥ずかしがるポイントがいまいち掴みにくい。

「普通の距離感って、難しいですね……」

極めつけに真剣な顔で悩みだすものだから、フェリクスは噴き出して笑うのを堪えるのに苦労した。

真面目に悩んでいる人に対して笑うのは失礼だからだ。

フェリクスは軽く咳をして心を落ち着けると、的確なアドバイスを口にした。

「あまり難しく考えることはありません。そうですね……僕の腕は階段の手すり、くらいに思ってみてください」

「階段の手すり……！　なるほど、わかりやすいですね」

笑いを堪えるためにいつも以上に真面目な顔になってしまったフェリクスだが、メアリは特に気にした様子もなく感心している。

（これがメアリの本来の姿なのかもしれないな）

好奇心旺盛で、無邪気で、物怖じしない。

控えめで人見知りするところはあるが、度胸がある。

それから少しだけ人と感性がズレている。

「どうでしょう？」

「いいですね。緊張しますか？」

「少しだけ。でも、どちらかというとワクワクしています」

まったくの他人だったメアリとの距離が、今は婚約者の距離となっている。

「これがみんなの幸せに繋がるんだなという自己満足で！」

果樹園の広がる、舗装もされていない田舎の小道。

プロポーズ後の初デートというにはお粗末な散歩だったが、すぐ近くで見上げてくるメアリの屈託のない笑顔が、フェリクスにはやけに眩しく見えた。

◇

あの時のことを思い出し、フェリクスの口元には笑みが浮かんでいた。

結局のところ、フェリクスにとって今回の演技は自分の見目を利用して上手く人を動かすのと何ら変わらなかった。

今のところ大きな問題もなく、順調に〝愛し合う二人〟だと思わせることができていると思っている。

就寝前にシャワーを浴びながら、フェリクスはこの数日間を振り返ってみた。

食事の時は極力メアリと目が合うようにし、食後は二人でお茶をしながら会話を楽しむ。

その際、会話については特に努力の必要がなかった。メアリとの話は話題が尽きず不思議と楽しいのだ。

そのほか、メアリがいつも行っている買い出しや庭の手入れ、馬の世話なども一緒にやるようにした。

普段やらないことをするのに最初は戸惑ったが、不思議と面倒だとは思わなかった。

特に庭の手入れは初めてのことだったが、メアリに教えてもらいながら土をいじるのは楽しいとさえ感じたほどである。

一緒に行動をしている時は、基本的にお互い笑みを浮かべていた。

作られたいつもの笑みであることもあったが、心の底から笑えることも多かった。

演技を忘れて、うっかり普通に楽しんでいたことさえある。

そんな様子を見て、ナディネとフランカは目を見開いて驚き、ユーナ夫人に至っては動きが固まっていたのだが、それは作戦がうまくいっているのがよくわかる光景でもあった。

何よりフェリクスが一番助かっているのは、その全てにおいて苦ではないという点だ。

フェリクスはこれまで勘違いされるのを避けるため、極力女性とは距離をとってきた。

通りすがりに肩がわずかにぶつかっただけでも、それを理由に言い寄られてしまうこともあったし、女性のほうからわざとぶつかりに来られることもある。まったくもって面倒なことこの上ない。

その点、メアリは非常に気が楽だ。

変に勘違いされることもないし、万が一勘違いされたとしても婚約者なのだから問題もない。

おかげでなんの気負いもなく触れることができる。

気軽に肩を引き寄せたり、髪に触れたりなど、フェリクスから積極的にメアリに触れるようにしたほどだ。

（あらかじめ触れる機会が増えることも互いに納得しているから、罪悪感もない。もともと、多少の嘘を吐く程度で痛む心など持ち合わせていないが）

ともあれ、仲睦まじく見える演技に関して少し不安だったが、意外となんの問題もないことがわかった。

思っていたよりも愛し合う二人を演じることに忌避感がないことに、フェリクス自身が一番驚いていた。

「フェリクス、まだ起きてるか？」

「マクセンか。どうした？」

シャワーを終え髪を乾かしている時、ドアの向こうから従者の声が聞こえてきた。

マクセンが遅い時間に来ることはままあるため、フェリクスは特に疑問も持たずにドアを開ける。

「こんばんは。フェリクスさ、ま……？」

「……メアリ？」

だからこそ、ドアを開けた先にマクセン以外の誰かがいるとは思ってもいなかったのだ。

それも、婚約者となるメアリがいるなどとは。

「す、すみません。お休みするところでしたよね……」

今のフェリクスはバスローブ姿だ。まだ髪も濡れているし、眼鏡だってかけていない。

マクセンと違い着こなしはきちんとしているためだらしない姿ではないが、いかんせん未婚の伯爵令嬢に見せるような姿ではないことだけは確かである。

しかもノリス家はほぼ女性しかいない。男のこういった姿を見る機会はないに等しいだろう。

おかげでしばしの気まずい沈黙が流れた。

「……いらしていたのですか。こちらこそ申し訳ありません。見苦しい姿をお見せしましたね」

「い、いえ」

とはいえ、フェリクス自身に思うところはない。

メアリに少し申し訳なかったな、というくらいである。

見られて慌てるような純情さは持ち合わせていないのだ。

謝るべきなのはマクセンだろう。フェリクスは配慮に欠ける従者を横目で思いきりにらんだ。

先に言え、と。

「も、申し訳ございませんでしたぁ……？」

「そうだな。猛省しろ」

マクセンは慌てて、視界を遮るようにメアリの前に立った。もう全てが遅いが。

「はぁ……。メアリ、少しだけお待ちくださいね」

「はい。あの、急がなくてもいいので！」

そういうわけにもいかないだろうと思いつつ、フェリクスは一度ドアを閉めた。

それからサッと着られる服を身につけ、再びドアを開ける。

髪を整える時間はないのでそのままだが、眼鏡はかけた。

「お待たせしました。さ、中へどうぞ。マクセン、お茶を淹れてこい」

「すぐに！」

メアリに柔らかな笑みを向けた後、マクセンには笑っていない目で指示を出す。

主人の命を受けたマクセンの動きは素早く、すぐに踵（きびす）を返してお茶を淹れに向かった。

「お気遣いは必要ありませんでしたのに……」

「そういうわけにはいきませんよ。それに、何か話があって来たのでしょう？　邪魔はいないほうが良かったのでは？」

フェリクスの言葉に、メアリはそれもそうですねとふわりと笑った。

ただ、メアリもまたこの後は休むだけなのだろう。

普段よりもラフな服に、肩からショールをかけているだけの姿である。

危機意識はまだ足りていないようで、今も部屋のドアを閉めようとしていた。

フェリクスは閉まりかけたドアを片手で止め、困ったようにメアリへと視線を向けた。

その際、腕の下にすっぽりと収まる形で立つメアリがやけに小さく見え、妙な気になるのをグッと堪える。

一度目を閉じて心を落ち着かせると、フェリクスは注意を口にした。

「……メアリ。こういう時は部屋のドアを開けておくのですよ。未婚の男女が部屋で二人きりになってしまう時は、身の潔白を証明するためにも安全のためにも密室を作ってはいけません」

特に、夜は。

いくら仲の良い姿を見せるようにしているとはいえ、そのような誤解をされるのはまだ早い。

だが、目の前で不思議そうにしている純情な少女に、今それを言うわけにもいかないだろう。

いつか、彼女が自ら気付いてくれることを願う。

言われたメアリはきょとんとしながらフェリクスを見上げた後、慌てたようにサッと目を逸らした。

少しは意味が伝わったのか、はたまた無知を晒したようで恥ずかしかったのか。

いずれにせよ、こういった場面に遭遇することのなかった彼女が教わっていないのも仕方がないこと。恥じる必要はないとフェリクスは思う。

「わかりました。私はまだまだ勉強不足のようです」

「これから知っていけばいいのですよ。さて、もうすぐマクセンが戻ってきてしまいますが……」

ともあれ、何か内密な話があるのなら今のうちに聞いておかなければならない。

フェリクスは暗に、用件があるなら早めにどうぞと告げた。

メアリはその意図を正確に受け取り、小さく頷く。

「特に隠すような内容ではありませんよ。ただ、早めにお伝えしておこうかと思いまして。実はですね、お母様と姉様たちが私たちのことを話し合っていたみたいで」

「ああ、なるほど。ついに呼び出されましたか？」

「ええ。明日、朝一で来るようにと」

過保護なだけあり迅速な行動だ。

ただ今回に限り、素早く動いてくれるのはフェリクスたちにとってもありがたい。

フェリクスの期限である一カ月が過ぎる前に、メアリとの婚約を認めてもらいたいからだ。話ができる場を作るのは早いほうが良い。

「メアリだけが呼ばれているのでしょうね」

「フェリクス様にお話が来ていないのなら、おそらく」

このまま、メアリ対母と姉の三人となると、少々説得に手間取るかもしれない。

メアリは意外と頑固なところがあると思っているし、考えを変えることはないだろう。

その点についてフェリクスも信用はしているが、家族思いの彼女のことだ。どう話が転がるかはわからない。

「僕も行きましょう。ご家族との話の途中で、タイミングを見計らって乱入いたします」

驚いたようにメアリが顔を上げた時、二人の会話に割って入る声が聞こえてきた。

「え、乱入？　近頃お二人が急接近しているとは思っていましたが……」

お茶を淹れて戻ったマクセンが驚いたようにフェリクスとメアリの顔を交互に見ている。

その後、ハッとしたかと思えばワナワナと震えながらフェリクスを指差した。

「ま、まさかフェリクス、もしや困り果ててついにメアリ嬢を誑(たぶら)か……」

「それ以上馬鹿なことを言えば減給だからな」

「黙ります」

余計なことを言いそうなマクセンを冷ややかな視線と脅しで黙らせる。

とはいえ、気になるものは気になるらしく、マクセンは口を挟みたくてソワソワしていた。

彼としては、ついにフェリクスが密かに自分が応援していたメアリを婚約者に選んでくれたのだから、ますます応援したいに決まっている。

ほんの少しだけ耳にした内容でなんとなく察したマクセンは、我慢できずにポツリとこぼした。

「しっかし、絶対にご家族は反対するだろうなぁ。メアリ嬢と言い合う家族の間にフェリクスが乱入、か。なんだかそれって歌劇みたいだ」

くしくも自分たちと同じような感想を抱いたマクセンに、フェリクスもメアリも思わず噴き出して笑った。

翌朝、フェリクスは朝食の前に執務室へと入っていくメアリの背中を見守った。

すでに部屋の中にはユーナ夫人とフランカ、ナディネが揃っているようだ。

メアリが入室したタイミングを見計らい、フェリクスはドアの前へと移動する。

盗み聞きは少々はしたないが、メアリを援護するためには致し方ない。

ちなみに、悪いとはまったく思っていない。

フェリクスは何食わぬ顔で耳を澄ませた。

「メアリ。最近……フェリクス様と仲良くしているようね？」

話を切り出したのはユーナ夫人だ。

戸惑う様子もなく、落ち着いた声色はさすがである。

「はい。とても話が合うのです」

「ちょっ、メアリ？　騙されてない？　あの男に言いくるめられていたり……！」

メアリが当たり前のように答えると、慌てたようなナディネの声が聞こえてくる。なかなかの言い草であるとフェリクスは思った。

こちらに対してあまり悪意を持っていないように見えたのに、実際はそんなふうに思っていたとは。

いや、相手が誰であれ同じことを言ったかもしれない。

彼女にとってメアリに近付く男は基本的に敵対象だろう。

「落ち着きなさい、ナディネ。……ねぇ、メアリ。フェリクス様がなぜ我が家に来ているかは知っているわよね？」

ナディネを落ち着かせつつそう言ったのはフランカだ。

冷静を装ってはいるようだが、声に動揺の色が感じられる。まだまだユーナ夫人のようにはいかないのだろう。

「もちろん。私たちの中から婚約者を選びに来たのですよね？」

メアリが迷いなくフランカとナディネのどちらかではなく、「私たちの中から」と答えたことで、三人がハッと息を呑む。

それはつまり、メアリは自分自身も入っているでしょう？と暗に告げているのだ。

「……メアリ。意味をわかって言っているの？」

「もちろんです。私はフェリクス様の婚約者に立候補したいと思っていますから」

ユーナ夫人の真剣な言葉に、メアリはハッキリと答えた。

その後に大きなため息が聞こえたが、おそらくユーナ夫人だろう。姉二人が絶句していることなど手に取るようにわかる。

「いいこと、メアリ。貴女はまだ若いわ。結婚を焦るような年齢ではないの」

ユーナ夫人の声はどこか冷たく、威圧感を覚える。

フェリクスは思わず部屋に入ろうとドアノブを握ったが、その後すぐにメアリの声が聞こえてきたため動きを止めた。

「はい。ですが、結婚してもおかしくない年齢でもありますよね？」

メアリは毅然とした態度で一切臆することなく答えている。

そんな彼女の様子に気圧されたのか数秒ほどの沈黙が流れた後、今度はナディネの少し落ち着いた声が聞こえてきた。

「相手は次期宰相様なんだよ？　結婚したらきっと苦労するよ？」

「心配してくださっているのですよね、ナディネ姉様。けれど、結婚って多かれ少なかれ苦労をするものなのでしょう？」

メアリの質問返しに、ナディネの言葉が続けられることはなかった。

次に聞こえてきたのはフランカの声だ。

「優しいメアリのことだもの。私たちを思って名乗り出ているのよね？　心配しないで。私がフェリクス様と結婚するわ」

実際、メアリは姉たちのために動いている。

初めて家族から自分の目的を言い当てられたことに少し動揺したのか、メアリが一瞬だけ息を詰まらせたのがフェリクスにはわかった。

「……っ、それはダメです。フランカ姉様」

「いいえ。私たちのためにメアリを犠牲にするわけには……」

「違うんです！　ちゃんと聞いてください!!」

このままでは、いつものようにメアリのためにと勝手に話を進められてしまう。

そう思ったかどうかはわからないが、メアリは叫ぶように声を上げた。

(あんなに大きな声も出せるんだな……)

フェリクスは息を呑んだ。

いや、フェリクスだけではないのだろう。部屋の中も静まり返っている。

もしかしたらメアリがここまで大きな声を出すのはとても珍しいことなのかもしれない。

「……聞いてください。私は、フェリクス様を愛してしまったのです」

扉越しに聞こえたメアリの言葉に、フェリクスは不覚にもドキッと心臓を大きく鳴らした。

これが演技だとわかっているというのに、はっきりメアリから愛の言葉を聞いたのは初めてだからか、妙に鼓動がうるさい。

(今はそんなことどうでもいい。大事なところだ)

フェリクスは静かに深呼吸をして再び耳を澄ませた。

「子どもだからとお思いかもしれませんが……」

「っ、貴女はまだ世間を知らないのよ、メアリ！　それに、フェリクス様がどうお思いなのかわからないでしょう？」

フランカがそう告げるや否や、フェリクスはパッと顔を上げる。

そこからの動きは早かった。

自分が出るのは今だと部屋のドアをノックし、フェリクスは返事を待たずにドアを開けて、そのまま真っすぐメアリのそばへと歩み寄った。

全員がフェリクスに注目し、フランカが驚いたように声を上げる。

「フェリクス様……!?」

「失礼をして申し訳ありません。ですが、どうしても今お伝えしたいことがありましたので」

フェリクスはニコリといつもの笑みを浮かべた。

誰もが彼を見つめ、息を吞んでいる。

隣にいるメアリまでもが、驚いたようにフェリクスを見上げていた。

「約一カ月間、ノリス家の方々と過ごさせていただきました。フランカ嬢やナディネ嬢ともお話しさせていただきましたね。そして、メアリ嬢とも」

フェリクスがメアリのほうへと視線を向けると、こちらを見つめていた彼女と目が合う。

どこか緊張感を漂わせたメアリの水色の瞳を見て、フェリクスは自然と柔らかな笑みを浮かべていた。

その表情を見て、ユーナ夫人と姉二人はさらに驚いたように目を見開いた。

「メアリ嬢と一緒にいると、年齢差も時間も悩みも全て忘れてしまうほど楽しいのです。こんなにも心動かされたのは生まれて初めてですよ。もう彼女以外は考えられない。どうか、メアリ嬢との婚約をお許し願えませんか？」

胸に手を当て真摯に訴えるフェリクスに、誰も言葉を返せないでいた。

その無言を破ったのはメアリだった。

「お母様もお姉様方も、わかっているのでしょう？　本来フェリクス様が私たちに許しを請う必要などないことを」

ふわりと微笑んで告げたその一言が効いたのか、三人は一様に諦めたように肩を落とした。

必要はないのにフェリクスが許可を求めるその理由は、間違いなくメアリのためだとわかっているからだ。

「……フェリクス様、一つだけ聞かせてちょうだい」

「はい、なんなりと」

ユーナ夫人に言われ、フェリクスは静かに返事をした。

「貴方はメアリを愛しているのですか？」

ドクンドクンとフェリクスの心臓が早鐘を打つ。

隣にいるメアリに聞かれてはいないだろうか、そんなことを考えながらフェリクスは答えた。

「ええ、もちろん。……愛していますよ」

愛しているという言葉が、こんなにも重く感じるとは。

隣に立つメアリが僅かに動揺したように身体を強張(こわば)らせたのを感じ、フェリクスはここへ来て初めて罪悪感を覚える。
ただ、それが何に対するものなのかまではわからなかった。

第八章　二人の父親

それからのノリス家は大忙しだった。

正確にはノリス家だけではない。小さな町では噂などすぐに広まるため、町全体が大騒ぎの祝福ムードとなっている。

メアリが生まれた時以来の、久しぶりの祝い事だ。

ただ、長女でも次女でもなく、三女が最初に嫁ぐことには様々な意見が飛び交っている。

しかし、周囲の噂話にまで気を回している暇はない。

フェリクスはこれからメアリとともに、王都へ婚約者が決まった報告に向かうこととなる。

それだけではなく、メアリが王都での生活に早く慣れるために、今度はメアリがシュミット家で過ごすことになったのだ。

ノリス領から王都まではそれなりに距離がある。場合によっては、そのまま長く王都で暮らすことになるだろう。

季節が変わればナディネも王都の女性騎士団に配属されるし、父親であるディルクはもともと王都にいる。

それに、メアリが望めばいつでも里帰りできるよう計らおうとフェリクスは考えていた。

というわけで、荷造りはもちろん諸々の準備に追われている最中だ。

特に忙しいのは使用人たちである。

ノリス家の者はもちろんのこと、シュミット家から来ている唯一の従者マクセンも各所への連絡や準備に追われて動き回っていた。

そして現在。

周囲が慌ただしい中、フェリクスだけがなぜか町にやってきていた。

どうしても二人で話したいことがあると、ある人物に呼び出されていたからだ。

フェリクスは大衆食堂にて、自分を呼び出した人物であり全ての事情を知るメアリの親友、サーシャの前で椅子に座らされていた。

サーシャは二人が本当に愛し合っていないことを知った上で、メアリの意見を尊重していた。

婚約に反対することはないが親友として心配は拭えないからと、ノリス領を去る前に一度フェリクスと二人で話したいという申し出であった。

フェリクスとしては、サーシャの話を聞いたところで今後のことはなにも変わらない。

反対されようが罵倒を浴びせられようが、婚約はするのだから。

結果が変わらない物事に対して他者の意見など聞く必要はない、煩わしいというのが彼の本音であり、本来なら妻となる女性の友人相手などにわざわざ時間を作ってやるほど優しい男でもなかった。

だが。

『サーシャとは昔から、お互いの結婚相手と面談するという約束をしていたんです。子どもの口約束ではあるのですが……』

苦笑を浮かべながらメアリに頼まれてしまったフェリクスは、なぜか断ることができなかったのだ。

（まぁいい。できる限りメアリの要望に応えると決めたしな）

それを抜きにしても、すでにメアリには甘くなっていることにフェリクス自身は気付いていない。

「ほんっとーに、メアリを一生守ってくれるんですよね？」

開店前の店内で、サーシャが真剣な顔で訊ねる。

フェリクスに対する緊張を持ちつつ、それでも言いたいことは伝えてやるという意気込みがヒシヒシと感じられた。

相手が貴族だからと縮こまるだけではない彼女の姿勢に、フェリクスは満足げにニコリと微笑む。

「もちろんその努力は怠りません。それが僕の義務ですから」

「義務、ですか。うん、まぁ、守ってくれるならそれでもいいですけど……なんだかなぁ」

自称一般的な感性を持つ乙女たるサーシャは、フェリクスの笑みを前にして顔を赤くしている。

心臓を押さえているあたり、だいぶ目の前の美形にやられているようだ。

「……大丈夫ですか？」

「美形を前にすると勝手にこうなるだけなので！」

「なるほど。この顔がご迷惑をおかけします」

「自覚があるなら微笑みは控えていただけませんかね！」

サーシャは器用に視線だけをフェリクスから逸らしながら叫んでいる。

ある意味、感情のコントロールが上手いといえるかもしれない。

そんな彼女を見るのは愉快ではあるが、話が進まないのは困りものだ。

フェリクスは無理に笑みを浮かべるのだけはやめて、さっさと先を促すことにした。

「言いたいことがおありなら、遠慮なくどうぞ。無礼だなんだと後で文句を言うこともありませんから」

フェリクスはそう告げた後、出されたお茶に口をつける。

サーシャがこちらを意識せずにすむよう、視線も逸らしてやるという気遣いも見せた。

「……では、お言葉に甘えて。フェリクス様は、メアリを愛することはないんですか？」

顔を真っ赤にはするものの、サーシャは直球で質問を投げてきた。

腹の探り合いと遠回しな嫌味の応酬が当たり前の貴族社会に身を置いているフェリクスは、彼女の素直な態度に笑みをこぼしてしまわないよう拳で口元を隠す。乙女サーシャへの配慮である。

「妻として愛するか、ということでしょうか」

「そう、です」

メアリのために勇気を出して聞いてくれたのだ。自分も真摯に向き合うべきだろう。

質問の内容としては子どもじみたものだという感想が拭えないが、サーシャにとっては真剣なのだろうこともわかる。

他人を見下しがちなフェリクスであっても、その辺りの配慮くらいはできる。

カップを置き、テーブルの上で手を組んだフェリクスは真っすぐサーシャを見た。

「正直に聞いてくださったので、僕も正直に答えましょう。実のところ、その点については僕にもわかりません」

フェリクスが目を向けたことでまたしてもサーシャの頬は赤く染まったが、どうにか耐えようとしているのがわかる。

フェリクスは続けた。

「人の気持ちは変わるものです。僕も普通の人間なので」

その言葉を聞いて、サーシャはぽかんとした表情を浮かべた。

メアリと同じような考えを言うことに驚いていたのだが、フェリクスにはわからぬことだ。彼女の反応に軽く首を傾げてしまう。

「未来のことは、わからないってこと……ですか？」

「そうですね。絶対なんてものはこの世で最も信じられない言葉ですので」

うっかり微笑みそうになって、どうにか踏みとどまる。

結果、真顔で互いに見つめ合うというなんとも緊迫感漂う雰囲気が流れた。

「無責任な男だと思いますか？」

このままフリーズされてはどうしようもないと、フェリクスは質問を投げかけた。

そのおかげでハッとなったサーシャが慌てて首を横に振る。

「いいえ、むしろ責任感の塊だと思います。それに誠実です。だって、この先もずっと妻として愛することがなかったとしても、メアリを見捨てたり、裏切ったりはしないって聞こえますから」

どうやらサーシャはフェリクスを信用したようである。

本音を話せば疑心を抱かれ、反感を買うことを覚悟していたフェリクスにとっては嬉しい誤算だ。

さすがはメアリの親友とでもいうべきか、それとも客商売をしているからか。本質を見極める能力が高いとみえる。

「愛せるかはわからなくても、義務だとしても、努力を怠らないと言い切ってくれましたもん。次期宰相様ともあろうお方が、嘘を吐いたりはしないでしょう？」

「ええ、もちろん」

ずっと緊張した様子だったサーシャは、ここでようやく表情を緩めた。どうやらフェリクスは彼女が納得のいく答えを返せたようである。

「どうか、メアリをよろしくお願いします。あの子、優しくてしっかり者だけど、危なっかしいところもあるから」

「僕もそう思います。大胆なところがありますよね」

「そうなんですよ！　本当に目が離せなくって！　わかっていてもらえて安心しました」

クスッと笑うサーシャの肩の力がフッと抜けたのが見て取れた。

言葉が途切れ、話が終わったのを察したフェリクスが立ち上がると、サーシャもまた慌てて席を立った。

フェリクスが握手を求めて差し出した右手を、戸惑いながら見つめた彼女はチラッと目だけでフェリクスの顔を窺っている。

「ぜひ、メアリに会いに来てください。歓迎いたします」

「は、はい！　ありがとうございます！」

最初は挙動不審に目を泳がせていたサーシャが、最後にはとびきりの笑顔で握手に応じている。まるで警戒心の強い小動物を手なずけたような気持ちだ。

しかしホッとしたのも束の間、またしてもパッと顔を逸らされてしまった。

つい微笑んでしまったことで、また赤面させてしまったのかとも思ったのだが……どうやら違うようだ。

今度はフェリクスがサーシャからそっと目を逸らす。

(あまり泣き顔は見られたくはないだろう)

親友の旅立ちに涙を流すサーシャへフェリクスは無言でハンカチを渡した。

珍しく他人に対して思いやりをみせたのは、彼女がメアリの親友だからかもしれない。

◇

「ああ、心配だ……！　メアリ、不甲斐ない姉でごめんね！」

「メアリ、つらくなったらいつでも帰って来るのよ！」

フェリクスが王都へ帰る日がやってきた。それはメアリの旅立ちでもある。

見送りをする二人の姉は取り繕うのを完全に止めたようで、フェリクスの前だろうが構わず好き勝手なことを言っている。

嫌なことをされたらすぐに連絡を寄越せだの、怖いと思ったら迷わず逃げなさいだの、いざとなったら大声で叫びなさいだの、一体シュミット家をなんだと思っているのか。

ノリス領から出たことのない愛する末っ子の旅立ちが心配なのはわかるが、フェリクス本人を前にして彼を悪役にしすぎではなかろうか。

「うぅ、心配……。でもフランカ姉様！　まだ少し先ですが、王都勤務になったら私がメアリを助けますから！」

「任せたわよ、ナディネ。ただ騎士団は忙しいだろうから貴女も身体には気を付けないと」

「メアリのためならなんてことありませんよ！　真夜中であっても駆け付けます」

フェリクスはいつもの笑みを崩すことなく、彼女たちの様子を眺めていた。

「お二人とも、王都でひどい扱いを受けること前提で話していますね」

「……うちの家族が申し訳ありません」

「好きに言わせておけばいいのですよ。こちらが何を言っても納得しないでしょうし」

コソコソと耳打ちするマクセンに申し訳なさそうに縮こまるメアリ、そして笑顔のまま小声で答えるフェリクスは、馬車に乗り込むタイミングを計りかねていた。

メアリが少しでも背を向けようものなら姉たちが泣いて縋（すが）りそうな勢いだからだ。

これは先が思いやられる。

「フェリクス様がおっしゃるように、今は姉たちに何を言っても無駄でしょう。王都にいる間、いかに私が良くしていただけているかを手紙で報告し続けることにします」

「おや、これは責任重大ですね。メアリにそう思っていただけるよう、僕も尽力しましょう」

「あっ、そういう意味では……！」

メアリは悪くないのにずっと気にしている様子を感じ取り、フェリクスが冗談を交えて声をかけると、彼女は慌てたように手を横に振った。まだ恐縮しているようである。

やれやれと思いながらチラッとマクセンに視線を送ると、心得たとばかりに従者は言葉を引き継いだ。

「ご安心ください。すでに屋敷には連絡を入れてあります。着く頃にはメアリ嬢……いえ、メアリ様をお迎えする準備は整っているかと」

「えっ、えっ」

さらに、これからメアリに待ち受ける数々の好待遇を知ってもらえるよう、フェリクスも畳みかけていく。

「当然だな。メアリはシュミット家の女主人になるのだから」

「お、女主人……気が早いのでは？」

フェリクスの母は早逝しており、現在シュミット家に女主人はいない。

だからこそフェリクスがこんなにも面白みのない男に育ってしまったという噂もあるが、本人はただの性格だと思っている。

「久しぶりのご令嬢の存在に、使用人たちの張り切りようはきっとすごいですよ？　しっかりもてなされてくださいい、メアリ様」

「は、わ、はい」

やや混乱気味に返事をするメアリに、フェリクスもマクセンも思わずフッと笑ってしまう。

「お気遣いをありがとうございます、フェリクス様」

三人のやり取りを見ていたユーナ夫人が柔らかなまなざしでメアリを見ながら頭を下げる。

さすがはノリス家の女主人、フェリクスの意図を察しているようだ。

「なんのことでしょう？」

「ふふ、お礼を言いたかっただけですわ」

とぼけてみせたフェリクスに、ユーナ夫人もそれ以上は言及しなかった。

ただ、最後に悪戯を思いついたかのように蠱惑的な笑みを浮かべて質問を口にする。

「ところで、夫への説得に自信はおありですか？」

そんなことを言われても、大事にしてきた末娘を奪われる父親の気持ちなどフェリクスには知ったことではない。

そもそも、先に無茶な負担をかけてきたのはあちらなのだから遠慮する気などさらさらなかった。

「もちろんです。ただ、相当嫌われるでしょうけどね」

にやりと笑ってみせたフェリクスに、ユーナ夫人は朗らかに笑う。

「うぅ、メアリっ！」

「ナディネ姉様。王都で待っていますね」

「メアリ。ちゃんと手紙を寄越してね」

「もちろんです、フランカ姉様」

二人の姉と順番に抱き締め合ったメアリは、最後に母と抱き締め合う。

「思っていたよりもずっと早い旅立ちね」

しんみりと告げられた母の言葉に、メアリの目が少しだけ潤む。

メアリはギュッと抱き締める力を強めた。

「元気に過ごすのよ。それさえできれば、あとは何があってもどうにでもなるのだから」

「ふふっ、はい。お母様もお元気で」

母の温かなまなざしと姉たちの恨みがましい目、それから別れを惜しむ声に見送られながら、フェリクスとメアリはようやくノリス家を発った。

◇

馬車がシュミット家に到着したのは三日後の昼過ぎ。

近くまで来たところでマクセンが一足先に馬で屋敷に向かい、出迎えの準備を整えておいたようで、門扉を開けた先ではずらりと使用人たちが並んで待ち構えていた。

ノリス家の二倍以上はある大きな屋敷に広々とした庭園、奥のほうには別邸も建っており、田舎の伯爵家とは桁違いの豪華さに、メアリはひたすら圧倒されている。

「本当に大きなお屋敷ですね……」

「無駄に広いだけですよ。父も僕も王城に何日も泊まり込んで仕事をすることもありますし……屋敷の主がいないことのほうが多いです」

これまでノリス領から出たことのないメアリは、屋敷の大きさもさることながら、たくさんの使用人が並ぶ様子を見るのも初めてで、唖然とした表情でこの光景を見つめていた。

「ですから、この屋敷はメアリの好きにしてくださっていいですよ。部屋や庭の使い方、家具の配置や購入も。屋敷の主人として管理する仕事を任せることもあるでしょうが、それは追々ゆっくりと知ってもらえたらと思っています」

「な、なんだかまだ現実味もない話ですが……頑張ります」

「あまり気負わずに。貴女を手助けしたがる使用人はたくさんいますから」

ゆっくりと馬車が停まり、外から扉が開けられる。

フェリクスは先に素早く降りると、続けて降りようと身を屈めたメアリの前に手を差し出した。

「さぁ、お手をどうぞメアリ」

「あ、ありがとうございます」

白く小さなメアリの手は少しだけ冷たく柔らかい。緊張していることが窺える。

フェリクスはいつも以上に気を遣ってメアリを支えた。

その様子に使用人たちがわずかにざわめく。

フェリクスがこんなにも優しい目をして誰かのエスコートをする姿を初めて見たからだ。

そんなフェリクスの姿に、なぜかマクセンが自慢げに胸を張っていた。

どうだ、これまでのフェリクスとは違うんだぞ、とでも言いたげだ。

「おかえりなさいませ、フェリクス様。そして、ようこそいらっしゃいました、ノリス伯爵家のメアリ様。私はこの屋敷の執事長を務めております、サイモンと申します」

真っ先に声をかけたサイモンは、焦げ茶色の髪をオールバックに整えた品の良い男性だ。

メアリの両親と同年代かそれよりも上だと思われるが、背筋の伸びた佇まいからとても若々しく見える。

「初めまして、サイモン様。メアリ・ノリスと申します。どうぞよろしくお願いします」

「よろしくお願いいたします。私への敬称は不要ですよ。フェリクス様、素敵なお嬢様ですね」

「ああ、ゆっくり紹介してやりたいところだが、この後すぐ王城へ報告に行かなくてはならない。悪いがすぐ準備をしてくれ」

「かしこまりました。メアリ様のお仕度はカリーナにお任せください」

サイモンが使用人たちに指示を出すと、数人が馬車に積まれた荷物を運び始め、それぞれが持ち場へと戻る。そんな中、背の高い赤毛のメイドが歩み寄ってきた。

「カリーナと申します。ゆくゆくはメアリ様専属のメイドとして仕えさせていただきますので、どうぞよろしくお願いいたします」

「こちらこそよろしくお願いします」

頭を下げたカリーナに挨拶を返しながら、メアリはジッと彼女を見た。

そんなメアリの視線を感じたのか、カリーナはゆっくりと顔を上げて小さく笑う。

「ふふっ、誰かに似ていますか？」

「え、あ、じっと見てしまい申し訳ありません」

「いいえ、お気になさらず。見てしまうのも仕方ありませんよ。よく弟と似ていると言われるので」

「あっ！　もしかして」

「はい。私はマクセンの姉です」

既視感の原因が判明し、メアリは思わずといった様子でマクセンとカリーナを交互に見た。

確かに姉弟は目元の辺りがよく似ている。

「ちなみに先ほど挨拶させていただいた執事長のサイモンは私たちの父です」

「まあ！」

改めて見ると二人とも雰囲気はサイモンに似ており、三人が並ぶと血縁者だということがよくわかる。

マクセンは居心地悪そうに視線を泳がせ、カリーナは不敵な笑みを弟に向けていた。

姉弟の力関係を察したメアリは余計なことは言わず、すぐにいつものふんわりとした笑みを浮かべた。

「メアリ。お疲れのところ申し訳ありませんが、カリーナと一緒に準備をしてきてください。僕も着替えてくるので」

屋敷の主な使用人たちと軽い挨拶を終えたところで、フェリクスがメアリに声をかけた。

本当は王城へ報告に行くのは日を改めたいところだが、今回は王命だったこともあり、迅速に動く必要がある。

すでに今日、フェリクスたちが王都へ着くという報せは王城に届いているはずだ。

国王への謁見はもう少し先になるが、宰相であるフェリクスの父に急ぎ報告はしなければならない。

ついでに、メアリの父であるディルクにもさっさと会っておきたいと考えていた。面倒ごとは早く終わらせるに限る。

「事前にお聞きしていましたから大丈夫ですよ、フェリクス様。ただ、私が持っている服では王城へ行くのにあまりふさわしくないかもしれませんが……」

「それなら問題ありません。そうだな？　カリーナ」

困ったように微笑むメアリに対しフェリクスは自信たっぷりに微笑み、問われたカリーナもまたとても良い笑顔で答えてみせる。

「あらかじめノリス家の方に大体のサイズは聞いておりましたから。準備は整っておりますわ」

「えっ!?」

「今回は既製品ですが、落ち着きましたらメアリ様にピッタリ合うドレスをオーダーメイドいたしましょう。いいですよね？　フェリクス様」

「ああ。好きなだけ仕立てるといい」

うろたえるメアリを置いてきぼりにして、話は勝手に進んでいく。

特にカリーナは誰よりも嬉しそうにお茶会用、普段着用、お出かけ用、などと呟きながら指を折っており、そんなにも仕立てるのかとメアリは目をまんまるにして驚いている。

本人以上に乗り気になってしまったカリーナの暴走を止めるべく、マクセンが呆れたように声をかけた。

「おい、姉さん。嬉しいのはわかるが、今は早く準備してもらわないと」

「ああ、そうね。くぅーっ！　シュミット家にご令嬢がいらっしゃる日が来るなんて！　腕が鳴るわ‼」

一見真面目そうに見えるカリーナだが、根は明るく気さくだ。そんなところにマクセンとの血の繋がりを強く感じる。

（こんなにも騒がしいカリーナを見るのは久しぶりだな）

引きずるようにメアリを連れていく幼馴染でもあるカリーナを見送りながら、フェリクスもようやく準備をするべく久しぶりの我が家へと足を踏み入れた。

カリーナを筆頭にメイドたちがかなり良い仕事をしたおかげで、準備は小一時間ほどで完了。

薄いメイクを施し、髪を整えたメアリは淡いピンクのドレスをとても愛らしく着こなしていた。

(メアリの魅力が最大限に引き出されているのが遠目でもわかる。立っているだけで場が華やぐな。いつもと雰囲気は違うが……綺麗だ)

フェリクスは着飾ったメアリに思わず見惚れてしまったが、当の本人は疲れ切った様子。

女性の準備は大変だと聞いてはいたが、今のメアリを見ているとそれがよくわかる。

(これからも忙しくなる。今日は早めにゆっくり休ませてやらないとな)

ただでさえ慣れないシュミット家での生活が始まるのだ。頑張り過ぎないように注視していないと、無理して倒れかねない。

時間が解決するといえばそうなのだろうが、せめてシュミット家の屋敷が少しでも早くメアリにとって安らげる場所となるよう、努力はすべきだとフェリクスは考えた。

「できるだけ早く慣れてもらえるといいのだが」

最終チェックだ、とカリーナやメイドたちに囲まれたメアリを見ながらフェリクスがぽつりと呟くと、それを耳にしたマクセンが軽い調子で提案する。

「それなら、二人で街にデートにでも行ったらいいんじゃないか?」

デート、という単語にぴくりと反応したフェリクスは、目を細めてマクセンを見やる。

そんな己の主人に苦笑いを浮かべながらマクセンは続けた。

「なんでにらむんだよ。恋仲になったらデートするのは普通じゃないか。メアリ様が王都を知るいい機会にもなるしさ。それに、好みを把握すれば居心地のよい環境づくりにも役立つと思うぞ」

悔しいことに、マクセンの言うことには納得できる。

伊達に女好きではないといったところか。

「婚約するんだし、贈り物の一つでもしたらいいじゃん。パーティーで着るドレスに合わせたアクセサリーを選んでやるとかさ。逆にそれに合わせてドレスを仕立てたっていいし」

この手のことに関して自分は気が利かないという自覚のあるフェリクスは、おとなしくマクセンのアドバイスを聞いておくことにした。

「大通りにあるカフェなんかは可愛いスイーツもあって女性は必ずと言っていいほど喜ぶぞ。あー、でもフェリクスやメアリ様なら静かな場所のほうがいいかな。ちょっと場所がわかりにくいけど、穴場スポットがあるから後で教えてやるよ」

「……頼む」

「おっ、素直だな？　そうだ！　休憩は早め多めに入れろよ。気温の変化なんかは気を遣いすぎるくらいで丁度いい。ほかにも困ったことがあったらいつでも相談してくれ。なんでも答えるぞ！」

アドバイスを貰えるのは助かるが、自慢げに語るマクセンは鬱陶しいとフェリクスは頭を抱えたくなった。

「お待たせしました。その、おかしくはありませんか？」

そうしている間にメイドたちのチェックを終えたメアリが緊張した面持ちで歩み寄って来た。

すぐに思考を切り替えたフェリクスは、流れるような所作で手を差し出す。

今はひとまず、厄介な父親たちに一泡吹かせに行かなくてはならないのだから。

「とてもよく似合っていますよ、メアリ」

「良かった……ありがとうございます」

着飾った女性への褒め言葉は必須だ。

フェリクスとしては当たり前のように出てきた言葉だったが、安心したようにはにかむメアリは一段と愛らしく見える。

（こんなに喜んでもらえるのなら、もっと良い褒め言葉があったかもしれないな）

内心で少し後悔するフェリクスの手をメアリがそっと取ると、二人は戦に向かう戦士のごとく互いに頷き合った。


街乗り用の馬車で王城にやってきた二人は、寄り道をすることもなくウォーレスの執務室へ向かう。

次期宰相として自由に王城内を歩けるフェリクスに案内は不要。

しかしメアリは、門前に立つ騎士や迫力のある城、大勢の働く人たちに圧倒されている様子だ。

だからなのか、慣れた足取りの自分を頼るように見上げてくるメアリの視線がフェリクスには落ち着かない。

なお、城内で二人を見かけた者たちはメアリ以上に驚いている。

あのフェリクス次期宰相が女性を連れているというだけでも二度見してしまうくらいなのに、エスコートまでしているのだ。ざわめきが起こるのも当然であった。

予想がついていたフェリクスは他人の視線など一切気にならない。

それより、隣の少女の視線のほうが遥かに気になってしまう。

「……あの、フェリクス様。私、本当にここへ来ても良かったのでしょうか」

「問題ありませんよ。周囲の目は煩わしいでしょうが、無視してください。僕がいる限り、無遠慮に話しかけてくる者はいませんから」

不安げなメアリを落ち着かせるため、フェリクスは努めて優しい声色を意識した。

「それに、ここへは婚約者が決定したことを報告に来たのです。ディルク副団長は相当な親馬鹿なのでしょう？　メアリが直接言ってくれないと信じてもらえないかもしれませんしね」

「それはあるかもしれません。父の説得はお任せください」

「頼もしいですね」

拳を握りしめたメアリは、フェリクスにとって実際かなり頼もしかった。

彼女がいれば、どれだけ許さないとディルクに突っぱねられてもなんとかなるという信頼があるのだ。

加えてフェリクスは、婚約者の父親に許しを得るという状況に対して一切緊張していない。

それは、娘を溺愛する父親に対して面倒臭さしか感じていないからだ。

度胸があるなどということではない。

単純に、厄介ごとを押し付けてきた父への恨みのほうが強いだけである。


フェリクスの思惑通り、ウォーレスは息子が連れてきた婚約相手を見た瞬間ひっくり返らんばかりに驚いた。

婚約者が決まったことは事前に送られてきた手紙で知っていたが、相手までは聞いていなかったからだ。

「父上、彼女が婚約者のメアリです。……おや、そんなに驚いてどうしましたか？　お望み通り一カ月以内に連れてきましたが」

「どうってお前ぇ……！　よりにもよってなぜ三女のメアリ嬢を⁉」

「なぜとは？　驚く意味がわかりませんね。僕は約束を守りましたよ。不満でもあるというのですか？」

「ぐっ、この……！」

親子のやり取りを聞いて、メアリがしゅんと落ち込んでいく姿を目にしてしまっては、ウォーレスも白旗を上げるほかない。

「い、いや！　来てくれてとても嬉しい！　歓迎するぞ、メアリ嬢」

その勢いのまま、動揺を隠せない父をいつもの胡散臭い笑顔で急かしたフェリクスは、すぐにメアリの父であるディルク副団長を呼び出してもらう。とてつもなく嫌そうな父の顔が見られてフェリクスはご満悦だ。

ディルクもまた、まさか末娘が来ているとは夢にも思っていなかっただろう。

執務室のドアを開けて着飾ったメアリを見た瞬間のディルクの反応は、フェリクスの期待通り、いや期待を超えたものとなった。

「なっ、なっ、なななな……！」

近衛騎士で副団長ともあろう人物が、言葉を忘れてしまうほどの衝撃を受けるとは。

うっかり声に出して笑ってしまうのを堪えるため、フェリクスは笑みをさらに深めて追撃を試みた。

「ディルク副団長。いえ、ノリス伯爵。ああ、違いますね。お義父様とお呼びすべきでしょうか。このたびは良縁に巡り合う機会を与えてくださり深く感謝しております。ご要望通り、僕はノリス家の三姉妹の中からメアリ嬢を婚約者として選ばせていただきました」

大いに取り乱しているディルクの前で、いけしゃあしゃあと礼を述べるフェリクスはやけに饒舌な上、とても生き生きとしている。

そんな息子の態度を見たウォーレスは、ディルクの背後で額に手を当て、天を仰いでいた。

「なっ、ど、どうして……！　フランカではなかったのか？　いや、ナディネでもない、だと？

どうして、どうしてよりにもよってメアリなんだ‼」

ようやく人の言葉を取り戻したディルクは、大きな身体を震わせながらフェリクスに詰め寄る。

「どうして、とは？　三姉妹の中から選ぶようにとの王命でしたよね？」

筋骨隆々な大男が目の前に迫っているというのに、フェリクスは一切の動揺を見せない。

それどころかどこまでも冷静に、いつも通りの笑みを浮かべて言葉を返している。

「だぁっ！　くそっ！　こんなことなら上の娘二人に限定すべきだったっ‼　あまりにも勝手な申し出だからと陛下がおっしゃるから……！」

どうやらメアリを除外させなかったのは陛下の提案だったらしい。

陛下なりの恩情というものが、末娘も含めた三人から選ばせるというものだったようだ。

せめて選択肢を増やしてやろうという考えだったのだろうが、見当違いも甚だしい配慮である。

いや、今回に限ってフェリクスはそれを感謝すべきなのだろう。それも心から。

今となっては、メアリ以外に考えられないのだから。

（こんなにも物分かりが良く、こちらの事情も察して受け入れてくれる女性はそういないだろう。

それに、彼女なら嫉妬や恨みによるトラブルがあってもうまく立ち回れる。面倒なご令嬢たちの相手には苦労させてしまうかもしれないが）

　これは決して恋情ではない。

　大切に思う気持ちはあるが、それは義務感からくるものだ。

　フェリクスはかたくなに自分の気持ちを否定した。

「ま、待て。メアリは……メアリはそれでいいのかっ⁉　こんな顔が良いだけの腹黒を夫にしてもいいのか‼」

　取り繕うということを知らないのか、とフェリクスは呆れてしまう。

　王城内で働く者の間で自分がそう思われていることは知っているし隠してもいないが、あまりにも直球に貶（けな）し過ぎではないか。

　娘を持つ父親は皆こうなってしまうのだろうか。

　フェリクスは口元の笑みを維持しながら冷たいまなざしをディルクに向けていた。

「はい。もちろんです」

　一方、話題を振られたメアリは相変わらずのほんわかぶりを発揮していた。

　泣きそうな顔のディルクの前で、メアリはニコニコ微笑みながらフェリクスの腕に自分の腕を絡ませている。

　だが、それだけでは終わらなかった。

「フェリクス様を愛してしまったので、私」

「っ！」

そのままこてん、とフェリクスの腕に頭を寄りかからせたかと思うと、しれっと愛の言葉を告げてみせた。

突然の言動に、フェリクスの心臓がこれまでで一番大きく脈打つ。

予定にないアドリブだったからか、急に密着されたからか。

(以前もそうだったが、距離感がおかしいのでは……?)

なぜか顔も熱くなっていく。

これまでの人生で感じたことのない感情に、フェリクスは内心で大いに慌てた。

無論、表には出さない。いつもの笑顔のままだ。

見る人によっては耳が少しだけ赤くなっていることに気付くかもしれない。

「そ、そ、そんなぁぁぁ！　メアリぃぃぃぃっ!!」

「……はぁ、私の執務室で大騒ぎするのはやめてもらえますか、ディルク副団長。約束は約束ですからね。早速陛下に報告しにいかなくては」

「待て、ウォーレス！　い、い、いやだぁぁぁぁ!!」

「ああ、もう……」

本気で泣き始めてしまったディルクは膝から崩れ落ちた。

声も身体も大きないい年をした男がこうなってしまっては手が付けられない。

ウォーレスが恨みがましくフェリクスをにらむが、そんな目を向けられる筋合いはないとばかりに思いきり無視を決め込む。

耳を塞ぎたくなるほどの騒音だというのに、まるで存在していないかのように澄ましているフェリクスに、ウォーレスは諦めたように大きなため息を吐いた。

「移動の疲れがたまっているだろう。君たちはもう帰っていい。屋敷でゆっくり休みなさい」

疲れたようにウォーレスはそれだけを告げると、近くにいた騎士たちに声をかけて泣き崩れたディルクを回収しつつ、執務室を後にした。

「フェリクス様」

「……なんでしょう、メアリ」

そんな混沌とした光景を見つめながら、メアリは小声でフェリクスを呼ぶ。

横目で彼女を見たフェリクスは、再び胸が鳴る。

なぜならメアリがチロッと舌を出し、悪戯が成功した子どものように愛らしく笑っていたからだ。

「すでにお察しかもしれないのですけれど、実は私、頭が良いわけではないのですよ。特別な知識もない、平凡な小娘でしかありません。でも、もう婚約者の変更はできませんからね？」

メアリにとってはこの言葉こそが最大級のネタばらしだったのかもしれない。

だが、すでに察するも何も、フェリクスがメアリをそんなふうに評価しているはずがないのだ。

「まさか、貴女は自分が平凡だと思っているのですか？　あれだけの計画で僕を落としておいて？」

「はい。誰にでもできることしかしていませんし」

「ご安心ください。君は賢いですよ。僕が出会ったどの女性よりもね。まったく、末恐ろしいものです」

「賢くなんてありません。あまり買い被ってはいけませんよ」

褒めたつもりだったのだが、メアリは不満げに頬を膨らませている。

こうして見ると、年相応で頭の悪そうな令嬢にしか見えないのだが、フェリクスはもう騙されない。

伝えた言葉は冗談でもなんでもなく全て本心だ。

しかしこうも目の前でほんわかとした雰囲気を醸し出されると、認めるのが少し悔しい気持ちもある。

(頑固だな。良く言えば芯の通った女性、か)

今後、メアリには様々な面倒ごとが襲い掛かるだろう。

貴族社会では、得てして新入りが洗礼を受けるものだ。

ぽっと出の、しかも幸運にも未来の宰相夫人に選ばれたメアリの存在は、良くも悪くも目立つ。

彼女ならちゃんと向き合ってくれるとフェリクスも信じてはいるが、本来ならば逃げ出したっておかしくない状況だ。

なぜなら、自分たちは利害の一致で婚約者となったにすぎないのだから。

「貴女こそ、やっぱり無理でしたとは言わないでくださいよ？　僕の妻となるからには覚悟をしていただかなくては。……まぁ、手助けはして差し上げますよ」

「ええ、わかっています。できるかできないかは関係ありませんものね。手助けを頼りにしています、旦那様」

ほんのわずかに浮かんだ弱気がフェリクスに嫌味を言わせたというのに、メアリに気にした様子は見られない。

それどころか、なんだか逆にしてやられた気がする。

妙に耳に残るメアリの「旦那様」という言葉に、やたらと気恥ずかしさを感じてしまったフェリクスは、それをごまかすように眼鏡のフレームを押し上げた。

（そんなことより、今は疲れているであろうメアリを休ませなければ）

差し出した腕にメアリの手がかけられたのを確認すると、二人は仲睦まじい婚約者の仮面を被りながら王城を後にした。

第九章　けじめと自覚

国王へ謁見する日が決まった知らせをシュミット家に持ってきた人物を前にして、フェリクスは朝から頭を抱えていた。

「なぜ貴方が来るのですか、殿下」

「ちょっと近くまで来る用事があったんだよ」

本来、手紙を持ってくるのは従者の仕事。場所によっては騎士であることもあるが、少なくとも一国の王太子がするような仕事ではない。

フェリクスは大げさにため息を吐くと、呆れたような目を王太子に向けた。

「嘘ですね。こんな早朝にどんな用事があるというのですか。それどころか、今日は外出の予定はなかったはずですよ」

次期宰相としてすでに王太子を支えているフェリクスが彼のスケジュールを把握していないわけがない。

「あはは、バレた。ちょっとくらい騙されてくれたって良くない？」

「そう思うならもう少しマシな言い訳を考えてください」

王太子とてすぐにバレるとわかっていて言ったのだろう。悪びれもせずに笑う始末だ。

彼の自由奔放さにフェリクスはいつも頭を悩ませられていた。

フェリクスは王太子の脇に控える護衛騎士から手紙を受け取ると、封筒を検(あらた)めながら言葉を続けた。

「どうせ僕の婚約者に非公式で会ってみたかったのでしょう」

「さすがはフェリクスだね。その通りさ！」

「まぁ、会わせませんが」

「ええっ!?　そこは紹介するところでしょ!?」

不満を漏らす王太子を余所にフェリクスはサッと手紙の内容を確認してそのまま内ポケットにしまうと、王太子に向けて厳しいまなざしを向けた。

「今何時だとお思いですか。メアリはまだ休んでいますよ」

「あっ、さては昨晩かなり無理をさせ……」

「下世話な想像は殿下と言えど許しませんよ」

「ごめんって！　本気の殺気を向けないでよ。私、王太子だよ？　君が仕える相手！　偉い人！」

フェリクスにとってはまったくもって笑えない冗談である。

メアリと婚約することは決まったものの正式に承認されるのはこれからであるし、未婚の間に関係を持つなど一般的にあまり褒められたことではない。

これまでずっと献身的に仕えてきたというのに自分をそういった目で見ているのか、とフェリクスが恨みを込めてにらむのも仕方がないことだ。

実際に彼が最も腹が立ったのは、メアリに対して不埒な妄想をした点だ。

たとえ相手が王族といえど、許せない一線というものはある。

「こほん。えーっと、三日後の午後に来いだったっけ。父上も今回の件については悪いと思ってるみたいだよ。その日はメアリ嬢のために王城内を自由に見学できる許可をくれるそうだ」

「手紙に書かれていましたから、存じております」

「……まだ怒ってるね？」

フェリクスの顔色を窺いながら、どうしたら許してくれる？　機嫌直してよ、などと言って慌てる王太子はあまりにも子どもっぽい。

メアリより一つ年上のはずなのに、彼女よりずっと幼く感じる。

それでもフェリクスが仕える相手であるし、こんな一面もあるというだけで普段の王太子はかなり優秀だ。

少し条件を出してさっさと許してやろうとフェリクスは結論を出した。

「では、見学の間は僕もメアリに付き添わせてください」

「え、フェリクスは仕事してよ。ついこの間、一カ月も不在にしたばかりじゃん。すっごく大変だったんだからね？」

「休みたくて休んだわけではありませんよ。むしろ王命で向かったのですから仕事の一環でしょう」

「で、でも通常業務が滞ったのは事実じゃないか」

「殿下がおとなしく執務机に向かい、わからないことはご自分で調べるようにしてくだされば、なんの問題もありません。僕の仕事だけならこの程度、どうとでもなりますから」

「それって、私がいつもフェリクスの仕事を増やしているって言ってるように聞こえるんだけど」

自覚がおありのようで何よりです、とでも言いたげにフェリクスはさらに笑みを深めた。

こうなった彼には何を言っても敵わない。

それをよく理解している王太子は、諦めたように長いため息を吐いた。

「はぁ、わかった。その日は休みをあげるよ」

「お気遣いありがとうございます」

「そう仕向けたくせに何をお礼なんか……」

ブツブツ文句を言い続ける王太子を無視し、フェリクスは話題を切り替える。

あまりのんびりしていると、メアリと王太子が遭遇してしまうかもしれないからだ。

焦らなくとも良いと告げているのに、メアリはシュミット家に来てからというもの、夜は遅くまで、朝は早起きして勉強に勤しんでいるとカリーナから報告を受けている。

まだ寝ているというのなら起こさずにいたいし、来客だと知って慌てて身支度をさせることになるのも避けたい。

「さて、今日は僕も早めに王城へ向かうとしましょう。殿下もご一緒でよいですね？」

「あーあ、つまんないのー。絶対に近いうち、個人的にメアリ嬢を紹介してよね」

いずれはそんな機会も設けなくてはならないだろうが、三日後には国王との謁見がある。

メアリの負担になりそうなことはできる限り小出しにしたい。

脳内にやることをメモしながら、フェリクスは王太子を引きずるようにして屋敷を出た。

◇

三日後。

朝から身支度の準備に取り掛かっていたメアリはまだドレスの着替えに慣れていないのか、顔に疲れが滲んで見えた。

「やはり、一度に終わらせたほうが良かったでしょうか」

着飾った彼女は今日もとても愛らしかったが、褒め言葉を告げるより先に心配が口を突いて出てしまう。

「いいえ。国王陛下との謁見は私の中でかなり大きなことなので……王太子殿下や王女殿下方とお話しするのは別の機会にしてくださったほうが気持ち的に助かります」

「……貴女がそうおっしゃるならいいのですが」

「フェリクス様は意外と心配性ですね？」

「婚約者を心配するのは当然です」

「ふふっ、本当に大丈夫ですよ。それに、こうしたことに慣れるには数をこなしたほうが良いでしょう？」

確かに、その通りだ。

どうしたって今後メアリは社交界に出る機会が増え、王城に足を運ぶことも多くなる。いずれは慣れなくてはならないことだ。

本人がやる気なのであれば、これ以上は何も言わないほうがいいだろう。

メアリが、本当は不安なのに気丈に振る舞っているだけなのはフェリクスにもわかっていたが、今は彼女の努力を見守るべきだ。

もし目に見えて無理が続くようなら、その時に止めればよい。

「貴女ならすぐに慣れると思いますよ」

「そうだといいのですけれど」

「今日のドレスもとてもよくお似合いです」

「ありがとうございます、フェリクス様」

フェリクスが差し伸べた手をそっと取ってふわりと笑うメアリには、距離感がわからないと戸惑っていたあの頃の様子は感じられない。当たり前のようにエスコートされ、優雅に歩くことができるようになっている。

今後もメアリが色々なことに慣れるまで、さりげなくフォローを続けようとフェリクスは改めて決意した。


シュミット家から王城までは馬車でほんの十数分。

今日は国王との謁見ということもあり、メアリは言葉数も少なく、表情も硬い。

あっという間に着いてしまうが、短時間であってもフェリクスはメアリの緊張を少しでも解してやりたかった。

何か気が紛れる話題はないか、と考えたところでフェリクスは王太子との会話を思い出した。

「メアリ。謁見が終わった後、もしよろしければ王城内をご案内しますよ」

「えっ、いいのですか？」

「ええ。陛下から自由に見学してよいと許可を得ていますから」

まさか王城内を自由に歩けるとは思っていなかったようで、メアリは目を丸くして驚いている。

あらかじめ伝えておけばよかったと、フェリクスは少しだけ申し訳なく思った。

「どこに行きたいか、考えてみるのはいかがですか？　少しは緊張が解れるかもしれません」

「緊張しているように見えましたか？　うまく隠していたつもりだったのですけれど」

「これでも貴女の婚約者ですから」

「ふふっ、さすがフェリクス様です」

「どうでしょう。王城見学、どこかご興味は？」

「そうですね……」

メアリが行きたい場所はどこだろうかとフェリクスは考える。

(温室か、図書室あたりか？)

王城にある温室は余所では見られない珍しい植物があると聞いたことがある。緑豊かな場所はメアリも気に入るだろう。

図書室なら、料理が好きなメアリはレシピ本を探すかもしれない。

ミステリー小説が好きとも言っていたので、おすすめの本を紹介し合うのも良さそうだ。

あれこれと予想を立てていたフェリクスだったが、メアリの答えは意外な場所だった。

「では、騎士団の訓練場に行ってみてもいいでしょうか」

大抵の女性が一度は「行ってみたい」と言い、そして二度と行きたがらない場所だ。

はっきり言って騎士団の訓練はむさ苦しい。

鎧を着て格好よく立ち振る舞う表向きの姿を想像して行けば、見事にその理想像は砕け散ることだろう。

汗の匂いが充満し、叫び声と呻き声が飛び交う場でしかないのだから当然といえば当然だ。

よほどの鍛錬好きか、ナディネのような筋肉好きでもない限りフェリクスはオススメしない。

だからこそ驚いたように言葉を失ってしまった。

そんなフェリクスの戸惑いがわかったのだろう。

メアリは苦笑を浮かべつつどこか恥ずかしそうに付け加えた。

「父の働いている姿を見たことがないので……その、こっそりと覗けたらなって」

娘として父を思うメアリのなんといじらしいことか。

これはあのディルク副団長がメアリに対してベタ甘になるわけだ、とフェリクスは深く納得する。

(ちょうどいい。僕もディルク副団長と一対一で話す機会を作ってもらおう)

すでに話がついているとはいえ、ディルクが納得しているとは思えない。

けじめをつけるためにも、時間を取る必要があるとフェリクスは考えていた。

「構いませんよ。では、謁見の後に行きましょう」

「はい!」

先ほどよりも表情が柔らかい。どうやら少しは気が紛れたようだ。

メアリの様子を見て、フェリクスもホッと肩の力を抜いた。

話がついたちょうどその時、馬車が王城の前に到着した。

前に来た時のようにフェリクスがメアリをエスコートしながら城内を進む。

時折、騎士たちがメアリに目を奪われているのが気に入らなかったため、そのつど、氷点下を思わせる冷たいまなざしで撃退。騎士たちにとって、今日は災難な日である。

だが、つい見惚れてしまうほど今のメアリが愛らしいのは事実。見る目がある点についてだけは認めてやってもいいとフェリクスは一人で頷いた。


「メアリ、深呼吸をしてください」

「は、はい」

先ほどから緊張で何も喋らなくなっていたメアリにフェリクスが一声かけると、震えた声が返ってきた。

国王が待つ謁見の間の扉の前で言われた通りに深く深呼吸をしたメアリは、なんとか微笑みを作りフェリクスを見上げた。

「私、上手く笑えていますか？」

「もちろん。とても愛らしいですよ」

「そ、そういうのはいいですからっ」

「そろそろ褒められるのにも慣れた頃かと思ったのですが」

「残念ながら、それに関しては一生慣れる気がしません……」

「いずれ慣れますよ。そのための努力は惜しみません。メアリ、素敵ですよ」

「あっ、りがとうございます……」

フェリクスの言葉は本心だ。

普段ほんわかとした雰囲気を崩さないメアリの余裕のない姿が、フェリクスにはとても愛らしく見える。

傍（はた）から見ればいちゃついているようにしか見えないそのやり取りに、扉の前に立つ護衛騎士たちは動揺しているようだ。

噂で次期宰相は婚約者を溺愛しているらしいと聞いてはいた。

だがしかし、普段のフェリクスを知っていればいるほど、そんなものはただの噂だといって信じない。

特に、王城や王都で働く者は大多数がそういった認識であった。

だからこそ、婚約者と仲睦まじい様子を目にして動揺しているのだ。

本当にそんなことがあり得たのか、と。

「なにか？」

「い、いえっ！」

にっこりと含みを込めた笑みをフェリクスが向けると、騎士たちは慌てて姿勢を正す。

それから規定通りの文言を口にすると、謁見の間へと続く扉を厳かに開けた。

騎士に先導され、部屋の中ほどまで進む。

陛下のいる玉座から少し離れた位置で止まると、フェリクスとメアリは揃って頭を下げた。

「かしこまらなくてもよい。顔を上げてくれ、フェリクス卿。そして、メアリ嬢も」

国王の許可を得て二人はゆっくりと上体を起こす。

「時間を設けるのが遅くなって悪かったな」

「こちらこそお忙しい中、我々のためにお時間を割いてくださったこと、感謝の念に堪えません」

美しい所作に、穏やかな声色。

隙のない姿を見せるフェリクスに国王の口角が上がる。

「此度(こたび)の婚約、良縁に恵まれたようだな」

「ええ、陛下のご恩情のおかげで」

国王が候補の中にメアリも入れてくれたからこそ、今がある。

そのことについてフェリクスが感謝しているのは確かだ。

ただ、そもそも厄介ごとを押し付けてきたのは父であり、国王もそれに一枚噛んでいる。

そのことに対するフェリクスのちょっとした意趣返しの言葉は、国王にきっちり刺さったようで。

国王は困った子どもに向けるような目でフェリクスを見ると、片眉を下げつつ喉の奥でくつくつと笑った。

「それは良かった。だが、強引に話を進めることになったのは私のせいだな。謝罪をすべきか？　フェリクスよ」

呼び方が変わったことで、フェリクスもにやりと笑う。

ここからはフェリクスの返答次第で国王が謝るだろう。

だが、フェリクスの答えは早かった。

「いえ、必要ありません。僕はメアリと出会えて良かったと心から思っていますから」

「そうか。……メアリ嬢はどうかな？　謝罪は必要だろうか」

「いえっ、滅相もございません」

「そう恐縮するでない。今なら本音を話しても咎めぬぞ？」

国王は娘に向けるような声色でメアリに優しく問うた。

そうは言っても、相手は国王だ。素直には答えられないだろう。

せっかくだからと、フェリクスはメアリの背中を押すことにした。

「一国の王から謝罪してもらえるチャンスですよ。もう二度とない貴重な機会かもしれません」

「わっはっはっ！　その通りだな！　フェリクスは子どもの頃から遠慮などなかったぞ。自分が悪くないと思えば私にも平気で謝れと詰め寄ってきたものだ」

「陛下、婚約者の前で子どもの頃の話はやめてください。謝罪を要求します」

「ほら、この通り。どうだ、メアリ嬢。文句の一つでも言いたかろう。遠慮などいらぬぞ！」

人を見る目が鋭く、周囲の状況を把握する力が優れていても、相手が国王となればそう簡単に態度を変えられないものだ。

だからこそ、フェリクスは今なら大丈夫だとわかりやすくメアリに伝える必要があった。

突然変わった雰囲気に、メアリは一瞬だけきょとんとした後すぐに肩の力を抜いた。

フェリクスの意図を察したのだろう。

「ありがとうございます、陛下。ですが、謝罪などまったく不要です」

メアリの返事は予想通りのものだったが、いつものほんわかとした雰囲気が漂っているのでそれだけでも十分と言えよう。

しかし。

「むしろ、お礼を申し上げたいくらいですから。こんなに素敵な方と出会う機会をいただけましたので……本当に感謝しております」

続けられた言葉にフェリクスはじわじわと耳が熱くなってくる。

これが対外的なものであるということはわかっている。

メアリは国王の前で、愛し合う婚約者を演じてくれているのだと。

(勘違いするんじゃない。メアリの言葉がそういう意味じゃないことくらい、わかっているだろう)

何度もそう言い聞かせはするものの、込み上げてくるのは喜びだった。

フェリクスは自分が勘違いで喜ぶような愚かな男であったことに愕然としながら、なおにやけそうになる口元を思わず拳で隠す。

そんなフェリクスを見て、国王はほう、と目を軽く見開いた。

実のところ、国王はこの二人が本当に愛し合っているわけではないだろうと思っていたのだ。

しかし、実際に目の前で見た二人はどう考えても互いに意識し合っている。

これは実にロマンチックな展開なのではあるまいか。

国王はこの事実を恋愛小説が大好きな王妃に後で知らせてやろうと心に決めた。

「寛大な二人に感謝せねばならないのはこちらのほうだ。フェリクス、メアリ嬢。今後、何か困ったことがあればいつでも言うがよい」

国王のどこか慈愛に満ちたまなざしを見て、フェリクスは訝しみながらも再び頭を下げる。

まさか自分たちの行く末を、小説でも楽しむかのように期待されていることなど彼は知る由もない。

こうして、メアリにとって初めての国王謁見は実に和やかに終えた。


「メアリ、ご感想は？」

謁見の間を出て、訓練場までの道にあるガゼボで休憩をしながらフェリクスが問う。

落ち着いた雰囲気のおかげか、メアリもだいぶいつもの調子を取り戻しており、ふわりと微笑んだ。

「緊張しましたが、陛下がとても親切にしてくださいましたのでどうにか……」

「そうですね。陛下はメアリを歓迎してくださっているのでしょう。王都に慣れていないことを心配もしていると思いますよ」

「ええ、そんな雰囲気を感じました。なんだか畏れ多いですけれど、ありがたいです」

「今日のノルマは終えました。あとは気兼ねなく王城内を見学しましょう。騎士団の訓練場はここからすぐですよ」

　フェリクスとしても、かなり良い形で謁見を終えられて心底安心していた。

　メアリならいろいろと察してくれるとは思っていたが、期待通り国王の気遣いを即座に理解し、国王も国王でメアリを気に入ってくれた様子なのだから。

（陛下が気にかけている娘だというだけで、かなりのけん制になる。些細な嫉妬や嫌がらせなどはあるかもしれないが、これで王城内はもちろん王都周辺に住む貴族たちからも変なちょっかいは出されないだろう）

　満足げにそんなことを考えていると、メアリが心配そうな顔で声をかけてきた。

「あの、フェリクス様」

　まだ何か不安なことでもあるのだろうかとフェリクスが顔を向けると、彼女は申し訳なさそうに言葉を続けてくる。

「今日もお仕事がおありでしょう？　その、私のせいでお時間を割いてしまっていませんか？」

　予想外の心配事に、フェリクスは思わず呆気に取られてしまった。

有能すぎるフェリクスは、そういった類いの心配はいまだかつてされたことがない。

ノリス家に滞在することで一カ月も王都を離れた時でさえ、万全すぎる対策を施したおかげで王太子の文句以外は誰からも何も言われなかった。

（まさか僕に仕事の心配をする人がいるとは。新鮮だな……。だが、悪くない）

これがメアリでなければ、何様のつもりだとしか思わなかっただろう。

婚約者に心配してもらえるというだけで感じ方も変わるらしいと、新たな事実を知ってフェリクスは穏やかに笑った。

「ご心配いただきありがとうございます。ですが、王太子殿下から今日はお休みをいただきましたので大丈夫ですよ」

「わざわざ今日のためにお休みを？　後で忙しくなりませんか？」

心配顔のメアリを前にフッと笑ったフェリクスは、彼女に半歩ほど近付きその手を取るとさらに続けた。

「大事な婚約者のエスコートは僕がすべきでしょう？　それに、メアリに王城案内をするという理由で、仕事をサボることができるのですよ」

仕事をサボるというおよそフェリクスに似つかわしくない言葉を聞いて、メアリはきょとんとした。

彼女にしては珍しく、言いたいことがすべて顔に出ているのがフェリクスには面白く見える。

さらに面白いのは、メアリがそれを隠すことなくストレートに言葉でも伝えてくることだ。

「意外です。フェリクス様は仕事がお好きなのでは？」

「確かに仕事人間である自覚はありますが、やりたくない仕事も多いですよ。かといって仕事を選ぶわけにもいきませんし、王族に対して忠誠も誓っていますから。期待にお応えしたいという思いもあります」

「それもそうですよね。すみません。仕事が趣味なのだとばかり思っていました」

心外である。

フェリクスは読書や乗馬、ほかにも剣や武道の鍛錬で汗を流すのも好きだ。

そんなに自分は趣味がなさそうに見えるのだろうかとわずかに眉根を寄せつつ、本音を胸の奥に押し込んだままフェリクスは言葉を返した。

「目の前の仕事が片付かないと落ち着かないだけです」

「ふふっ、では無理にでも休息の時間を作るべきですね。そのための助力は惜しみませんよ。時々、フェリクス様のお時間をいただくことにします」

「お気遣い痛み入ります」

「その時は、フェリクス様のご趣味を教えていただきますからね」

フェリクスが少々拗ねてしまったことも、メアリにはお見通しだったようで。

あまり知られたくはない部分を見透かされた気がして、フェリクスは羞恥にじわじわと顔が熱くなっていくのを感じる。

(ああ、まいったな。メアリがいると情けなくなることばかりだ)

目に見えて顔が赤くなっているだろう今の自分が余計に恥ずかしく、フェリクスはとうとう手で口元を覆った。

驚いたように自分を見つめてくるメアリの視線をヒシヒシと感じながら。

「……あの」

「何も言わないでください。今、何か言われても反応ができません。それどころか、余計に醜態をさらす気しかしないので」

フェリクスは失礼を承知でメアリの言葉を遮るように言い放つ。

ただ、メアリは察する能力が高い娘だ。

気を悪くするようなことはなく、フェリクスから視線を外しながら話題を変えてくれた。

「騎士の皆さんは、まだ訓練中でしょうか。私が見学をしてもお邪魔にならないと良いのですけれど……」

「問題ありません。むしろ見学者がいると気付いた程度で集中力が削がれるようでは困りますからね。そろそろ向かいましょうか?」

「はい、楽しみです」

メアリの配慮により気を取り直すと、二人はガゼボを後にしてようやく訓練場へとたどり着く。

騎士たちの野太い声や金属音が大きく響き、時に怒号も聞こえてくるため、女性を連れて来るには向かない場所だとフェリクスは改めて感じた。

メアリは怖がっていないだろうかと横目で様子を窺うも、特に動じる様子は見られない。

「聞こえてくる声が怖いなどはありませんか？　内部に入れば、もっとうるさくなりますが」

「怖くなることはないと思います。昔、父が本気で戦っているのを近くで見たことがあるので」

「……大丈夫だったのですか？」

「最初は驚いて身体が震えましたが、隣で見ていたナディネ姉様は大興奮で。そっちのほうが気になって、その後は大丈夫でした。今回もある程度の予想と覚悟はしていますが、人が多い王国騎士団の訓練場は初めてなのでちょっとドキドキしています」

やや頬を紅潮させながら言うメアリは、ギュッと拳を握りしめた。

確かに普通の令嬢よりは耐性があるのかもしれないが、王国騎士団は地方の騎士団より迫力がある。

ディルク副団長は一人でも相当な迫力だが、大人数の圧に驚く可能性はあるとフェリクスは考えた。

「……よろしければ、手を」

「え？」

「これでも、騎士と渡り合える程度の実力はあるのですよ。勝負に勝てるかは微妙ですが、何かあった時にはメアリをお守りします。もし驚いて気圧されてしまっても大丈夫なように」

苦しい言い訳だっただろうか、と内心で思いながらも、フェリクスは努めて冷静に微笑んだ。

メアリはというと、自分が少しだけ怖気づいたことに恥ずかしくなったのか、頬を赤らめている。

（考えてみれば、今周囲に人はいない。演技の必要がない場でこういった提案をするのは不自然だったか？）

仲の良い二人をアピールする必要がない場でのスキンシップの誘いは、メアリを不快にさせたかもしれない。

フェリクスは今になって己の提案を後悔した。

「必要がなければ、いいのですが……」

気まずい雰囲気に耐え切れずそっと手を引っ込めかけたその時。メアリが勢いよく両手でフェリクスが差し出した手を握りしめてきた。

「いえ！　必要なので貸してください！」

顔を赤くしながらそう言ったのは、こちらに恥をかかせないためだろうか。

不慣れな場だというのに余計な気を遣わせてしまったことにフェリクスは申し訳なさを感じたが、いまさらどうしようもない。

どのみちこの小さな手を振り払うことなどできないのだから。

「ええ。いくらでもお貸ししますよ。……いつもよりしっかりと握らせていただきますね？」

「は、はい。よろしくお願いします……」

エスコートとは違う触れ合いは、不思議と下心があるかのように思えてしまう。

紳士としての矜持を持ち合わせているフェリクスはそれを必死に否定し、脳内で自分に言い聞かせた。

（このような状況で手を握るのは普通のことだ）

そう思うのに。

ただそれだけのことなのに、罪悪感を覚えるのはなぜなのか。

いい大人の自分が初めて女性に触れる少年のようなことを考えている。それがフェリクスには無性におかしく思えた。

（まさか僕にも意外と初心な一面があるとはな）

少し恥ずかしそうに頬を赤く染めるメアリを見つめながら、フェリクスは自嘲気味に微笑んだ。

訓練場のドアを開けると、一気に騎士たちの声や剣のぶつかる音量が大きくなり、メアリがビクッと身体を震わせた。

心構えはしていたものの、やはり少し驚いたのだろう。

「大丈夫ですか？」

「ええ、大丈夫です。やはり実際に見ると違いますね。なんだか、皆さんが大きな怪我をしてしまわないか心配になってしまいます」

ここでも心配なのは自分ではなく他人であるらしい。

恐怖を感じた時には人の本性が現れやすいというが、それならばメアリは真に人を思いやれる人物だといえよう。

フェリクスはそんなメアリの人柄に触れ、改めて彼女を見直した。

「実際に敵と対峙した時は、あの比ではありませんよ」

「そう、ですよね。今は訓練ですし。それでもこの迫力なんですね……」

「怖いですか？」

「いいえ。頼もしいです。皆さん国のために頑張ってくださっているのですから」

眩しいほどに純粋だ。

実際、メアリの言うことは正しい。フェリクスとてそう思っている。

だがこれほどまで真っすぐ言葉にし、それを嫌味と思われない者はそう多くはない。

胡散臭いだとか偽善だなどと陰で囁かれるとわかっているため、わざわざ言葉にはしないのがほとんどだろう。

貴族というのは水面下での醜い争いが絶えないものだ。

メアリも今後そういったことに巻き込まれる可能性はある。

しかし、純粋なだけではない彼女なら、たとえ巻き込まれたとしてもほんわかとした笑みを浮かべて問題なく躱せるであろう。

同時に、今の素直さを失わないでもらいたいと願ってやまない。

メアリにつられるように、フェリクスは普段思っていても言わないようなことを口にした。

「……彼らの力を思う存分振るうようなことなど、起きないのが一番ではありますけどね」

そうは言っても、国境付近での小競り合いは起こるし、大なり小なり犯罪は毎日のように起きている。

戦争こそ起きてはいないが治安が良いとも言い切れず、騎士団が出張ることはそれなりに多いのが現状だ。

つまり、フェリクスの言ったことはただの綺麗ごと。

それでも、メアリの前でならそういった理想を言える。メアリなら嫌味もなく、ただ純粋に聞いてくれる。

それがフェリクスをどれほど救っているか、メアリは気付いていないだろう。

「そうですね。騎士団の皆さんの仕事がなくなってしまうのは困りますが、危険なことはないほうがいいに決まっていますす」

「ただそう考える人の中に、今は戦争もなく平和なのだからと騎士団の育成に異議を唱える者もいるのですよ。軍事力の強化に疑問を持っているのでしょう」

「気持ちはわからなくもないですが、抑止力になるかと思いますので無駄にはなりません。むしろ、この平和を維持するためには必要かと」

守る力があってこその平和。そのことをメアリはきちんと理解している。

些細なことから深い話まで、フェリクスとメアリの意見が衝突することなどほとんどない。

(つくづくメアリとは価値観が合う。もう彼女を手離せないな)

他人に興味を持ってこなかった反動だろうか、人に向ける好意のすべてがメアリに向かいつつあるフェリクスであった。


騎士たちの訓練を少しだけ見学した二人は、邪魔にならないようにと誰にも見つからないうちに訓練場を立ち去った。

しかしそんな二人を、いやメアリだけを呼ぶ声に足を止めた。

「メアリ！　来てくれたのか！」

「お父様、どうして気が付いたのですか？　見つからないようにこっそりと見ていましたのに」

メアリの父であり、近衛騎士でもあるディルクだ。

驚くメアリに対し、ご機嫌な様子で目尻を下げ、娘が可愛くて仕方ない様子である。

「ははは！　愛する娘の気配がわからぬ父ではないぞ！」

「お仕事をされるお父様は初めて見ましたが、とてもかっこいいですね」

「そ、そうか？　わはは！　そうかそうか！　父がかっこいいか！　メアリにとって私はかっこいい父なのだな！」

声をかけてきた時からディルクは完全にフェリクスを無視している。

今もメアリの隣でにこやかに微笑んでいるというのに、フェリクスの存在をないものとして扱うディルクは非常にわかりやすい男であった。

それがフェリクスの感想だったが、表に出すことなく彼は笑みを崩さない。

（鬱陶しい……）

ここで余計な口を挟まないのは、メアリのためにほかならないからだ。

父親と話すのは久しぶりなのだろう、嬉しそうに笑う彼女の邪魔をフェリクスはしたくなかった。

「訓練はいいのですか？」

「ちょうど休憩に入ったところだ。問題ない」

本当に休憩のタイミングだったのか、それともメアリが来たから休憩にしたのかは怪しいところ。

副団長という立場を濫用している可能性はあるが、フェリクスは騎士団のことに口を挟む気はない。

「そうだ、メアリ。私は今日の夕方から休みをもらっているんだ。一緒に食事でもしないか？」

「え、っと……」

ディルクの提案に、メアリはチラッとフェリクスに視線を向ける。

こうなれば口を挟むほかないだろう。

フェリクスは極上の笑みを浮かべながら答えた。

「メアリの好きにしてくださっていいのですよ。遅くなるようでしたら迎えに行きますから」

「でもせっかくお休みをとってくださったのに……」

「僕のことはお気になさらず。久しぶりに会うのでしょう？　たまの親孝行は大事です。僕とは今後いつでも出かけられますから」

「ありがとうございます、フェリクス様！」

嬉しそうに顔をほころばせるメアリに、フェリクスの目元が和らぐ。

一方、わかりやすいフェリクスの煽りが気に入らないディルクは不機嫌を隠すこともなく腕を組んで鼻を鳴らした。

「ふん！　迎えなど来なくてもいい！」

「では、シュ・ミ・ッ・ト・家・ま・で送ってくださるのですか？」

わざと神経を逆なでする言い方をするのは、態度が悪すぎるディルクに対しフェリクスも黙って見過ごすわけにはいかないからだ。

フェリクスの挑発を受け、ディルクがぷるぷると震え出す。

「小僧が……！」

この程度の挑発に乗るとは、副団長としてあるまじきこと。

溺愛する末娘のことだからこそ沸点が低いのかもしれないが、さすがによろしくない態度だ。

先にこちらをあからさまに無視し、礼を欠いたのはディルクである。フェリクスが下手に出る理由など何一つない。

視線だけで人を殺せそうな勢いのディルクだったが、フェリクスはそれを涼しい顔で受け流していた。

「ディルク副団長、せっかくの機会です。休憩の間に僕にもお時間をいただけませんか？　一度、二人で話す必要があるかと思いましたので」

「私はお前に話すことなどない！」

「僕にはあります」

本当ならフェリクスだって二人で話したくなどない。

自分でも言ったように「必要がある」と思ったから言っているのだ。

こんなにも面倒な相手、断られたならさっさと諦めてしまいたいが、今回ばかりはそうもいかなかった。

これは、フェリクスなりのけじめだ。

「お父様。意地悪なさらないでください」

「ぐ、メアリ……」

「お父様が我が家に婚約者をとお決めになったのでしょう？　それなのに、そんな態度は良くないと思います」

正論である。

娘たちを結婚させたいがために話を出したのはディルクだ。

想定外にも末娘が嫁ぐことになってしまっただけで、文句を言える立場ではない。

それをディルクもわかっているからこそ、悔しくて、認めたくなくて、苛立ちばかりが募っているのだろう。

「私の旦那様となる方に、失礼のないようにしてくださいね」

「ぐ、ぬ……わ、わかった」

メアリの更なる一言が効いたのか、ディルクはようやく首を縦に振った。

続けて、訓練場から出てきた騎士たちに指示を飛ばす。

「お前たち！　メアリを来客室へ案内しろ。いいか、絶対に指一本触れるんじゃないぞ！」

過保護極まりない発言に加え、私情が入っているからか声に怒気が滲む。

それでも騎士たちは真面目な顔で返事をすると、すぐに指示に従うべくメアリに近付いた。

メアリが立ち去ったのを見届け、ディルクはフェリクスのほうを向くことなくぶっきらぼうに告げた。

「来い」

ディルクはドスドスと足音荒く会議室へと入って行き、フェリクスはその後に続いた。

「さっさと済ませてくれ。もうじき休憩が終わるのでな」

ドアを閉めるなり、ディルクは仁王立ちで腕を組みながら言う。わざわざ座って話す気はなさそうだ。

フェリクスとしても、ゆっくり話をする気はなかったので願ってもないことである。

それにしても、あからさまに態度が悪い。

本来ならフェリクスはそれを窘めることができる立場。

しかし、今は婚約者の父として相手をするつもりだ。

思うところはあれど、それらを全て胸の内にしまい込んでディルクを真正面から見た。

「ディルク副団長は僕をメアリの婚約者として認めておられないようですので。理由をお聞かせいただきたくて」

フェリクスの言葉にピクリと反応したディルクは、ますます不機嫌そうに顔を歪ませた。

「もし僕になにか問題があるようでしたら改善するよう努めます。ですが、理由がわからないことには努力もできませんから」

「そういうところだ！　そういうところ！」

「そういうところ、とは？」

「自分は何の問題もなく、完璧だと思っているところだ！　いちいち鼻につく……嫌味な野郎だ。

そこが気に入らん！」

人間性が気に入らないと言われてしまえばどうしようもない。逆を言えば、それ以外に文句が見当たらないということだ。

フェリクスは大きなため息を吐きたくなるのをグッと堪えて肩をすくめた。

「そうは言われましても。事実として僕は外見も家柄も良く将来性もあり、頭脳も腕っぷしでもそこらの男より優れていますから」

「ああ、腹が立つ！　少しは謙遜というものを……」

「謙遜したらしたで、心にもないことをと言われかねませんからね。ならば、事実として話したほうがいい。謙遜になんの意味があるというのです？」

しかし、苛立っているのはディルクだけではない。

ディルクの言葉に被せるように告げたフェリクスの語気も強まっていた。

フェリクスの苛立ちを感じ取ったディルクはしばし黙り込む。

ここで負け犬よろしくさらに突っかかるほど、ディルクも馬鹿ではなかった。

「……婚約の話だって、どうせ義務だと思って仕方なく受けたんだろう」

「そうですね。ですが、ディルク副団長だってフランカ嬢やナディネ嬢を結婚させようとしたではないですか。先に義務を押し付けたのは貴方ですよ」

正論は、時に人を激高させる。

言い終わるや否やディルクはフェリクスの胸倉を掴み、激しく壁に押し付けた。

大きな音と共に部屋が僅かに揺れ、フェリクスの眼鏡が床に落ちる。

「顔色一つ変えないのか」

余裕の態度を見せてはいるが、相手は近衛騎士団の副団長。

壁に押し付けられた衝撃で背中や胸は当たり前のように痛むし、苦しい。

「……殴ってもらえたほうが、僕の正当性が上がりますからね」

口角を上げてそんな軽口も言ってはみたが、できれば副団長に殴られるのは御免こうむりたい。

戦って勝てる相手ではないが、うまく攻撃を避けて逃げることくらいはフェリクスにもできた。

でもそうしなかったのは、何事からも逃げないことを証明するため。

そして、メアリとのことを認めてもらうためだ。

ディルクはフェリクスの胸倉を掴んでいた手をゆっくり離して一歩下がると、俯いたまま悔しげに呻く。

「こんな男に……義務だけで愛情もない冷たい男に、メアリをやるわけにはいかんだろう」

「……それが理由ですか」

「そうだっ!!　何か文句でもあるか!?」

フェリクスはハンカチを取り出し落とした眼鏡を拾って丁寧に拭いた。

わざと少し時間をかけたのは、ディルクの頭を冷やすためだ。

無言が続く室内で眼鏡を拭き終えたフェリクスは、静かに眼鏡をかけ直すと再びディルクに向き直る。

その顔に、いつもの笑みはなかった。

「勘違いをされては困ります、ディルク副団長」

「何？」

「おっしゃる通り、確かに最初は義務としか思っていませんでした。ですが今の僕は違います。僕は心から……メアリを愛してしまったので」

「そんなもの、信じられるか。お前のことは子どもの頃から見てきたんだぞ」

声の張りが先ほどに比べて弱々しい。単純に、ここまで怒り散らしておいて後に退けないという部分がディルクにもあるのだろう。

態度の変わったディルクを見てフッと肩の力を抜いたフェリクスは、困ったように笑った。

（ああ、まいったな……）

はっきりと宣言したことで、気付いてしまった。

自分が本当に、メアリに対して恋心を抱いているということを。

「僕自身が一番、信じられませんよ」

特定の誰かのためにだけ何かをしてあげたいと思ったのは初めてだった。

フェリクスは、大切だと思ってきた家族にさえ愛おしいとは感じたことがない。

（認めるしかない。僕はメアリのことを、どうしようもなく愛おしいと感じている）

ディルクは、こんなふうに柔らかく微笑むフェリクスを見たことがなかった。

「……本気、なんだな」

「ええ」

ディルクとウォーレスは、古くからの知り合いだ。一人息子のフェリクスのことは、早くに母親を喪ったこともあってディルクも可愛がっていた時期がある。

だが、子どもの頃から優秀だったフェリクスはあっという間に大人の手を離れてしまった。気付けば接点も少なくなり、今では同じ王城で働く、父親に似て嫌味な頼もしい仲間となっている。

その程度の付き合いしかなかったものの、やはり幼い頃を知っているディルクにしてみれば色々と胸中も複雑であろう。

少しの間だけ呻いた後、バッと勢いよく顔を上げたディルクは吐き捨てるように叫んだ。

「いいか、絶対にメアリを泣かすんじゃない！　嫌がることはするな。一生大事にしろ。誰よりも大切に、お姫様のように!!　さもなくばすぐにでも返してもらう！」

わかりにくいが、どうやら許してくれたようである。

急に大声で告げられフェリクスは目を丸くして驚いたが、すぐに微笑んだ。

それはいつもの胡散臭い笑みではなかった。

「すべて問題ありません。言われるまでもなく、そうするつもりですので」

「ふんっ！　やっぱりいけすかねぇ野郎だ。おい、メアリに訓練が終わったらすぐ来客室に迎えに行くと伝えておけ！」

「承知いたしました」

入ってきた時と同様に足音荒く会議室を出て行ったディルクの耳は、少し赤くなっていた。

そんな不器用な、いずれ義父となる人の背を見送ったフェリクスは、本人に見えないところで深く頭を下げた。


ディルクとの話を終えて会議室を出たフェリクスは、控えていた騎士の案内でメアリの下へと向かった。

「メアリ、お待たせしました」

「フェリクス様！」

「申し訳ありません。少々時間がかかってしまいました」

メアリは大きなソファからすぐに立ち上がると、足早にフェリクスへと駆け寄ってくる。

「そんなことは気になさらないでください。その……大丈夫でした？」

続けて心配と申し訳なさを含ませた顔で見上げてくるものだから、フェリクスの胸は愛おしさでいっぱいになった。

「ええ。きちんとお話させていただきましたよ。僕はこの先もずっとディルク副団長に嫌われているでしょうが、ちゃんと結婚相手として認めてもらえました」

「お父様が……？　す、すごいです、フェリクス様」

自分の父親が頑固者であることをよく知っているのだろう。メアリは素直に感心したような目を向けてきた。

「訓練を終えたらすぐにここへ迎えに来るそうですよ。どうかお父上孝行をしてあげてください」

「ええ、そうします。ありがとうございます、フェリクス様」

「そしてそれまでは、僕とお茶にお付き合い願えますか？」

フェリクスはそう言うとメアリの肩を引き寄せ、先ほどまで彼女が座っていた場所に視線を向ける。

テーブルの上にはクッキーやパウンドケーキなどの美味しそうな甘味とお茶が並んでいた。

「もちろんです！」

フェリクスの甘党を知るメアリはすぐに察し、とても嬉しそうに笑ってフェリクスの手を引いた。

おかげでフェリクスはお菓子を食べる前から疲れが癒えていくのを感じる。

（僕は貴女を一生大切にします）

お茶とメアリの温かさを感じながら、フェリクスはしばしの幸せに浸るのだった。

第十章　募る思い

おおむね無事に各所への報告を終えた後、宰相親子は迅速に行動を開始。

シュミット家主催で婚約発表のためのお披露目パーティーを開くことにした。

すべては一刻も早く正式に発表するため。

噂だけが広まって質問攻めにされたり、メアリに煩わしい視線が集まらないようにするためでもある。

シュミット家の親子はどちらもあまりパーティーに出席することがない。

そんなものに参加せずとも横の繋がりは作れるし、情報も入ってくるからだ。

そのため、突然の知らせは貴族界を揺るがす大事件として広まった。

ただパーティーを開くだけなのに事件とは人聞きが悪いと思いつつ、フェリクスはそんな周囲の声は完全に無視して準備を恐ろしいスピードで着々と進めた。

パーティーが一カ月後に迫ったある日の朝、フェリクスは朝食の席でメアリに提案を持ちかけた。

「メアリ、今日は街へ行きませんか？」

本当は前からずっと誘おうと思っていたのだが、ノリス領に行っていた間に溜まった業務や、パーティーの準備などに追われて後回しになっていた。

それはフェリクスの言い訳にすぎず、実のところここまで遅くなってしまった原因は自身にある。

十歳も年下の女性をデートに誘うのをためらっていた、というのが一番大きな理由だ。

(自分がここまで臆病だとはな)

基本的に女性から断られる経験がほとんどないからこそ、拒否された時にどう対応すればいいのかわからないのだ。

相手がメアリなら余計に。

別にフェリクスは打たれ弱いわけではない。

ダメならすぐに諦めて思考を切り替えるか、別のアプローチを考えて相手の首を縦に振らせるくらいはする男だ。

だがメアリにはまず、フェリクスの見た目や交渉術が一切通用しない。

本性も知られているし、部下でもない婚約者という対等な間柄。

さらに気持ちを自覚してからというもの、フェリクスはメアリとどう接していけばいいのかわからず、常に手探りという状態が続いていた。

メアリに嫌われたくないというこれまで考えたこともない思いがあるため、失敗するのを極端に恐れているのだ。

「……こちらに来てから、ずっと忙しくしていたでしょう。たまには息抜きも必要ですよ」

　あまりにも無言が続くので、らしくもなく言葉を重ねる。

　なんだか自分が愚かな言い訳を並べている気がして落ち着かず、フェリクスはパンを口に放り込んで咀嚼（そしゃく）した。

（考えてみれば断られたって構わないことだ。それなのに、どうしてこんなにも必死になってしまうんだか）

　そうしている間に冷静を取り戻したフェリクスはパンを飲みこむと、ようやくいつもの笑みを浮かべた。

「無理に行く必要はないので、断っていただいても構いません」

　少しの間を置いて告げたフェリクスの言葉に、メアリはようやくハッとなって口を開いた。

「あっ、いえ！　すみません。フェリクス様からそんなふうに誘っていただけるとは思っていなかったもので、驚いて……」

　一体、自分をなんだと思っているのか。

　少しばかり問い詰めたいところだったが、年長者として理性で思いとどまる。

　ただ、素直にはなれないので少しだけ冷ややかな目線になってしまうのは致し方ない。

「行きたいのですか、行きたくないのですか」

「ぜひ！　行きたいです！」

その答えが聞ければいい。

フェリクスは口の端をわずかに上げて頷いた。

「せっかくですから買い物もしましょうか。何か不便はありませんか？　足りていないものや、欲しいものは？」

「えっ⁉　いえ、ありません。皆さんとても良くしてくださいますし、採寸も終えて先日はたくさんのドレスも届きました」

「季節や用途によって服は違うものが必要でしょう。まだまだ足りていませんよ」

「フェリクス様、私は毎日違う服を着るなんてことも初めてなのですよ……」

ノリス家での生活を思い出してみれば、メアリが遠慮する気持ちはフェリクスにも理解ができる。これまでの環境による価値観の違いだ。

しかしここは王都で、貴族たちが集う場所。

シュミット家に嫁ぐのだから、メアリが社交界で馬鹿にされないためにもこの贅沢には慣れてもらう必要がある。

それらを抜きにしても、フェリクスはただメアリを甘やかしたいという気持ちがあった。

「いずれ嫌でも慣れると思いますよ。これまでうちには女性がいませんでしたから、メイドたちも張り切っているのです。それにほかの貴族に財力を示すには手っ取り早いのですよ、女性を着飾るというのは」

言ってから、フェリクスは口を滑らせたことに気付く。

これではまるで、メアリを利用しているかのような言い方ではないか。

実際そういう面がないわけではないが、本音を隠そうとするあまり言い方に配慮がなかった気がする。

相手がメアリでなければ、こんなふうに気にすることもないというのに。

恋を知った最近のフェリクスはどうも調子が悪い。

「メアリを道具扱いしているわけではありませんよ？　念のため」

思わず言い訳を添えてしまう始末。実に情けないことだ。

「わかっています。それに、そういった意味で利用されても構いませんよ。覚悟の上ですから」

メアリは実際、ちゃんとわかっているのだろう。本当に気にしていないことも伝わる。

だが、このなんとも言えない間が今は苦しく感じた。

フェリクスの人生で、ここまで言動が空回りすることなど初めてだ。

「……正直に言いますね。今、僕は困っています」

「困っている？　えっ、フェリクス様が、ですか？」

「ええ」

メアリの顔に困惑の色が見える。フェリクスの表情がいつもとほとんど変わらないからあまり信じられないのかもしれないが、これでも本当に困っているのだ。

こうなってしまっては遠回しにではなく、素直に言うのが一番だとフェリクスは経験から知っている。

「こちらに来てから、メアリの気が休まる日はないのではと思っていまして。ノリス領にいた時のようにとまではいかなくとも、リラックスして過ごせるようになってもらうにはどうしたらいいのかと……ずっと考えているのですが思いつかないのです。情けないでしょう？」

自嘲気味に笑うという珍しい顔を見せたフェリクスに、メアリは目を丸くした。

それから数秒後、メアリは肩の力を抜いてふわりと微笑んだ。

「私を心配してくださったのですね」

「……当然でしょう。貴女は僕の婚約者なのですから」

互いに合意の上とはいえ、メアリをここまで連れてきたのはフェリクスだ。自分がきちんと責任を持つのは当然のことだろう。

特にメアリのことは誰よりも愛おしいと思っているので、心配にもなる。

「貴女はその察しの良さによって常に人のことを優先させるところがあるでしょう。せめて、僕に対してはその気遣いを忘れてもらえたらと思うのです」

疲れてしまうでしょう？と続けたフェリクスに、メアリはピタリと動きを止める。

「ですから貴女がやりたいこと、リラックスできることがあれば教えてください。一人の時間が欲しいでも、趣味のお菓子作りがしたいでも、なんでもいいですから」

　フェリクスの不器用な気遣いを察せないメアリではない。

　どことなく、彼女の目が潤んでいるように見えるのは、気のせいではないだろう。

　やはり不安だったに違いない。

　年上として、彼女の婚約者として、しっかり見てやらなくてはと、フェリクスの表情も自然と柔らかくなる。

「メアリはもっと、僕にワガママを言ってもいいのですよ。自分勝手になってください」

「ありがとうございます、フェリクス様」

　じわじわと嬉しそうに表情を和らげしみじみと告げられたお礼の言葉は、フェリクスの心にじんわりと沁みた。

　それからメアリは気持ちを切り替えたかのようにニコニコと微笑む。

「では、早速お願いがあるのですが……」

　両手の指先を合わせながら、メアリはおねだりを口にする。

　遠慮なく告げてくれたことにホッと安心したフェリクスは、当然ながら迷うことなく了承したのであった。


　朝食後、身支度を済ませた二人は街の商業区にやってきた。

貴族が買い物をするような店が並ぶ通りではなく、目的地は庶民向け商業区域にある調理道具の店だ。それこそが、メアリの頼みごとであった。

「……注目されていますね」

「この辺りで貴族がうろつくのは、そこまで珍しいことではないのですけどね」

珍しくはないが多くもない。そんな通りをシュミット家の息子が歩いていればどうしても視線を集めてしまう。

道行く人たちは男女問わず、みんなフェリクスに目を奪われていた。

そんな光景に、何か言いたげな視線を隣からヒシヒシと感じる。

フェリクスを見つめてきたメアリは特に言い淀むでもなくストレートに告げた。

「フェリクス様が目立つからでは？」

「そうかもしれません。ただ僕にとってはいつものことなので、なんとも」

「いつもの……大変なのですね」

「特に今日は、メアリが隣にいますから」

「フェリクス様が女性と一緒にいる、というだけで大事件みたいですしね」

「その通りなのですが、当事者でもあるメアリから言われると複雑ですね」

そんな美形の隣を歩くメアリはいつも通りのほんわかぶりを発揮しており、まるで他人事のようにクスクス笑っている。

その精神力の強さは頼もしい限りなのだが、ここまで注目されるようなことなど初めてのはずだ。

緊張してしまっていないか、そしてそれを隠していないかが気掛かりだ。

フェリクスはメアリほど察する力がずば抜けているわけではないため、彼女が内心でどう思っているかまではわからない。だが、少なからずストレスは溜まるのではないか。

せっかく気晴らしのために街に来ているのだ。なんとかしなければとフェリクスはすぐに行動した。

「メアリ、少し失礼しますね」

「え？」

フェリクスはメアリの肩を引き寄せ、自分が人目につくほうへ移動する。さらに道の端に寄って、自身の身体で彼女を隠した。

「……ありがとうございます」

「気休め程度ですけどね。まぁ、いつかは慣れてもらわなくてはならないのですが」

「嫌でも慣れると思います。フェリクス様とは、これからずっと一緒にいるわけですから」

心音が速くなり、妙に胸がざわつく。

（そうだ、メアリとは一生を共にする。婚約をして結婚するとはそういうことだ。そんなこと……初めて知ったわけでもないというのに）

これからずっと一緒にいる。

メアリから言われた、たったそれだけの言葉がフェリクスの心を揺さぶった。

(この程度で動揺するとは。僕はこんなにみっともない男だったのか)

溢れてしまいそうな愛おしさを無理矢理しまい込み、フェリクスは努めて冷静に言葉を返す。

「それもそうですね」

想いを伝えるのは今ではないとフェリクスは考えている。

メアリにとって自分は、利害の一致で婚約しただけの相手なのだから。

知り合ってからまだ間もない上、メアリはフェリクスの容姿や立場などにも興味がない。

(今、思いを打ち明けたとしても負担にしかならないだろう。まったく……)

これまでは何もしなくともフェリクスは周囲の人々から好かれてきた。

笑顔を振りまいて良い仕事をし、品行方正で物腰柔らかくしていれば勝手に人が集まってくるのだから。

特別な努力など必要なかったし、誰かに好かれようと苦労したこともない。

(面白い)

だからこそ、未だかつてない高揚感を覚えている。

いつか必ず、メアリからも自分を求めてくれるような男になってみせようじゃないかと。

「フェリクス様、なんだか楽しそうですね?」

目的の店に入り、棚に並ぶ商品を楽しそうに見ていたメアリがふいにフェリクスへ声をかけた。

メアリの手には泡だて器やクッキー型といったお菓子作りに必要な道具が握られている。

商品を見るのに夢中になっていた時、どこか楽しそうに口角を上げるフェリクスが目に入ったものだから、メアリも安心したのかもしれない。

フェリクスはメアリの期待に応えることにした。

「ええ。こういった調理器具の専門店には初めて来ましたから、興味深いのです」

「それは良かったです！　実は、フェリクス様は調理道具なんて見てもつまらないかもしれないと心配だったので」

「杞憂ですね。どうぞゆっくりと見てください。たとえそうだとしても、今日はメアリのために来ているのですから。気にすることはありませんよ」

「そういうわけにはいきません！　ここを出たら次はフェリクス様の行きたい場所に行きましょうね」

メアリがそう言ってくれるなら、お言葉に甘えたほうが良いだろう。

フェリクスはにこやかに頷いた。

調理道具を購入した後、フェリクスは計画通りメアリと宝飾店へやってきた。

「……あの、フェリクス様の行きたい場所に行くのでは？」

「僕が行きたかった場所はここですよ？」

「で、でも、私の物を見ていませんか？」

メアリの質問にニコリと微笑みで返したフェリクスは、店主にあらゆる宝飾品を持ってこさせた。

ネックレス、ブレスレット、指輪にイヤリング。

見るからに高級な宝飾品を並べられたメアリは戸惑うばかりだ。

「言ったでしょう？　いつかお返しをさせてくださいと」

「お菓子のお返しとしては高価すぎるかと思うのですが……」

「金額よりも気持ちですよ。さぁ、メアリ。お好みのものはありますか？　気に入るものがなければ全て購入しますが」

「ま、待ってください！　えーっと、えっと。あっ、これが素敵です！　これにします！」

恐縮しすぎるがゆえに、あまりにも適当に選んだ感が満載だ。

それに、メアリが選んだのは水色の宝石が輝くイヤリング。

悪いわけではないが、フェリクスは面白くなかった。

（メアリはきっと、宝飾品にさほど興味がないのだろうな）

ならば、とフェリクスは笑みを深めて彼女の誘導を試みた。

「……本当によく見ましたか？　もう少し悩んでもいいのですよ？」

「一目惚れですよ」

「そうですか。店主、すまないがこれに似たデザインのものをいくつか持ってきてくれ。それと宝石の見本も」

「かしこまりました」

「フェリクス様!?」

慌てるメアリを横目にフェリクスは店主とともに話をどんどん進めていく。

最終的に、フェリクスは思惑通り己の瞳の色と同じグリーンガーネットの宝石がついたイヤリングをメアリに贈ることに成功した。

実は事前に、この店にはメアリが着る予定のドレスを伝えてあった。店員はそのドレスに似合うデザインのものをメアリの前に並べてくれたというわけである。抜かりはなかった。

(贈り物は一度にたくさんより、こまめに一つずつが効果的だ)

そのほか、メアリが目を奪われた宝石やアクセサリーをしっかり記憶しておくことも忘れない。

経験の少なさを補って余りあるフェリクスの知識と記憶力は、こうして遺憾なく発揮された。

帰り道、馬車の中でメアリは改めてフェリクスに礼を告げた。

「本当にありがとうございました」

「もう何度も聞きましたよ」

「何度でも言いたいのです。本当に素敵なイヤリングでしたので」

「そこまで気に入っていただけたのですか？　嬉しいですね」

「ええ。……フェリクス様の瞳の色のような宝石が特に」

それはメアリに恋心を抱くフェリクスにとってあまりにも効果的な一言で。

不意を突かれたフェリクスの顔は急激に熱くなった。

「愛し合う婚約者ですものね。相手の瞳の色と同じ宝飾品を選ぶとはさすがです」

一方、嬉しそうに話を続けるメアリはどこまでも無邪気だ。

（人の気も知らないで……！）

あと少しでこの恨み言が口から飛び出てしまいそうだった。

赤くなった顔をどうすることもできず、フェリクスは片手で口元を覆う。

そんな彼の姿をまんまるな目で見たメアリは、イタズラっぽく笑った。

「もしかして、照れていますか？」

「……あまり大人をからかわないように」

「ふふっ、はい。ごめんなさい」

どうせメアリは、フェリクスが褒められたことで照れているとでも思っているのだろう。

気持ちを悟られてはいないことに安心する反面、フェリクスはどうしようもなくもどかしさも感じた。

◇

お披露目パーティーの日は、あっという間にやってきた。

黄色のドレスに身を包んだメアリはとても可愛らしく、耳にはフェリクスから贈られたグリーンガーネットのイヤリングが揺れている。

そのほかのアクセサリーもイヤリングに合わせて揃えられており、宝石は全てフェリクスの瞳の色だ。

おかげで、一目見るだけでメアリがフェリクスから愛されていることがわかる。

もちろんそれも彼らの計画の一部だ。

みんなが二人を愛し合う恋人だと認識してくれるための小道具ともいえよう。

メアリへの気持ちに気付いたフェリクスとしては複雑な気持ちが残るが、それさえも利用してやろうという考えではあった。

パーティーは滞りなく進行していく。

常にほんわかとした笑みを浮かべるメアリの胆力はさすがだったが、表向きの顔にフェリクスだけは騙されてはならない。

人々から注目されたダンスを終えた後、フェリクスはメアリを会場の端へと案内した。

「堂々とした振る舞いに素晴らしいダンスの腕前。さすがはノリス伯爵家のご令嬢ですね、メアリ」

事前にメアリがマナーやダンスをしっかり習得していたことを知ってはいたが、練習と本番では勝手が違うもの。

この若さで、本番でも落ち着いた様子で振る舞うメアリはかなり優秀といえる。

「田舎暮らしでも、必要になった時に恥ずかしくないようにと幼い頃から両親に一通り仕込まれていたのです。それが役に立つ日が来るとは思っていませんでしたけれど」

つまり緊張していても動けるほど身に付いているのは、幼い頃からの努力の賜物ということだ。

「素晴らしいことです。ですがこういった場は初めてなのですよね？　お疲れではないですか？」

「実は……緊張で喉がカラカラです」

恥ずかしそうにしながらも正直に告げるメアリにフェリクスは目元を和らげる。

何か飲み物を渡そうとフェリクスは周囲を見渡したが、この辺にあるのはアルコールばかり。

「少しここで待っていてください。ノンアルコールのドリンクを持ってきますから」

「えっ、それなら私が……」

「新しいヒールの靴が、少しおつらいのでは？」

メアリの耳元に顔を近付けてヒソヒソと告げると、メアリの肩がビクリと跳ねた。

どうやら図星のようである。

フェリクスは小さく微笑むと上体を起こして言葉を続けた。

「婚約者になってくれたメアリには、これでも本当に感謝しているのですよ。ですからどうか、僕をもっと頼ってください」

「……では、その。お願いします」

「ええ。お任せください。ああ、それと誰かに誘われても決してついて行ってはいけませんよ。すぐに戻りますから」

「わかっています。私はそんなに子どもではありませんよ」

子ども扱いをされたと思って拗ねているのかほんのりと頬を赤くするメアリに、困ったような笑みを浮かべつつも心が浮き立つのを感じる。

自分は思っていた以上にメアリを好いているようだとフェリクスは実感したのだ。

（人を好きになると世界が変わって見えると聞いたことはあるが……こういうことか。そうでなくとも今日のメアリはとても魅力的だから念を押しておかないと心配で仕方ない）

自分が浮かれていることをフェリクスは自覚していたが、まさかそれ以上に心配ごとが増えるとは思ってもみなかった。

フェリクスはメアリから離れ、ノンアルコールの飲み物を探しに人混みへと足を向けた。

時折、貴族たちから祝いの言葉をかけられて時間を取られたが、今のフェリクスは機嫌が良く、祝いの言葉にも笑顔でお礼を告げる余裕があった。

しかし、令嬢たちに囲まれかけたのはいただけない。

婚約者ができたと発表したばかりだというのに、熱のこもった目を向けながら近寄って来る神経がフェリクスにはわからなかった。

これまではそんな令嬢たちにも角が立たぬよう笑顔でのらりくらりと対応していたが、今日からは違う。

もう、遠慮なんていらないのである。

「失礼。婚約者が待っていますので」

驚くほどの冷たい声に、フェリクスに近付いてきた令嬢たちは揃って顔を青ざめさせた。

よほど空気の読めない令嬢でもない限り、今後の距離感を間違えることはないだろう。

これまで鬱陶しいと思いながらも我慢するしかなかったフェリクスは、清々しい気持ちでいっぱいになる。

だが、そういった令嬢たちの行動はフェリクスの周囲だけで終わるものではない。

飲み物を持ってメアリの下へ戻る途中で、メアリが令嬢たちに囲まれている姿が目に入った。

ただ挨拶をして交流を深めているだけかもしれない、などという希望をフェリクスは抱かない。

派手なドレスに身を包み、扇子を広げて口元を隠しながらメアリの前に立つ女性には覚えがあったからだ。

(あれは……最もしつこかったペンドラン侯爵家のご令嬢)

フェリクスの中で彼女は、オシャレやお茶会、社交界で自分の立ち位置ばかりを気にする頭の悪い女代表であった。

いくらフェリクスが大々的に婚約者を披露したとはいえ、ペンドラン嬢がその程度で諦めるかは不明だ。

少なくとも、メアリに対して嫌味の一つや二つは言う可能性は大いにある。

（……少し様子を見るか）

すぐにでも間に入りたいのは山々だが、タイミングを誤れば「ただ挨拶をしていただけですわ」と逃げられるのが目に見えている。

メアリには申し訳ないが、確実にペンドラン嬢を撃退するには相手に気付かれぬようフェリクスが話をしっかり聞いておく必要があった。

フェリクスは少しだけ迂回して令嬢たちの背後に忍び寄り、近くの柱に身を隠す。

ペンドラン嬢は取り巻きの令嬢三人を引きつれてメアリに話しかけているようだ。

ほかの家の令嬢に圧力をかける時の常套手段である。

「フェリクス様はあなたのような平凡で地味な田舎令嬢のどこがお気に召したのかしら？」

最初からわかりやすい嫌味がフェリクスの耳に飛び込んできた。ある意味、期待を裏切らない令嬢だ。

声色も馬鹿にしたような響きを感じ、フェリクスはメアリに駆け寄りたい気持ちをグッと堪えた。

「ノリス領はとても自然豊かな場所なのでしょう？　のびのびとお育ちになられたようで、貴女はとても素朴ですわね。王都にはまだ不慣れでしょう？　いろいろと教えてさしあげますわ」

田舎者は帰れ、さもなければ王都式貴族の洗礼を受けさせてやる、という意味だ。

あまり遠回しになっていない嫌味に、フェリクスはもう少し捻りようがあるだろうとややズレた感想を抱いてしまった。

「ありがとうございます。それにしても、貴女方はとてもお美しいですね。王都の方は誰もが皆さんのようにキラキラと輝いているのでしょうか」

「えっ」

メアリが告げたのは褒め言葉であった。その言葉に邪気はなく、まるで心の底から本気でそう思っているかのようだ。

本当のメアリを知るフェリクスとしては、純粋に褒めただけとは思わない。

だが、そう思わせる雰囲気がメアリにはあった。

上から目線でメアリを見ていた取り巻きの令嬢たちは、満更でもない様子でニヤニヤと頬を緩ませている。

だがさらに続けられた言葉に、彼女たちはピシリと動きを止めた。

「フェリクス様が私のどこをお気に召したのかですけれど、実は自分でもわからないのです。きっと幸運だったのでしょう。もし良かったら、皆さんがフェリクス様に聞いてくださいませんか？　自分で聞くのは……恥ずかしいので」

侯爵家のペンドラン嬢でさえ、まさかそうくるとは思ってもいなかったのだろう。

先ほどまでの自信たっぷりな笑みを引きつらせている。

メアリはそっと手を頬に当て、恥ずかしそうに俯いた。

これでメアリは気の強い令嬢に囲まれた純粋でか弱い令嬢にしか見えないだろう。

実際の彼女はそこまでか弱くはない。

家でおとなしくしているよりも、乗馬やお出かけ、庭いじりなど外で身体を動かすことのほうが好きで、それなりに体力もある。

加えて精神面も落ち着いており、意外と図太い一面もある。

しかしメアリの外見しか知らぬ者からするとそうは思うまい。

そのことはメアリにも自覚があり、フェリクスと同じように、自分が周囲からどう見られているかを利用して立ち回っている。

メアリには間違いなく反撃の意図があるが、それを周囲の誰にも悟らせていなかった。

(心配はいらなかったようだな)

見事な撃退術に感心してしまう。演技の腕前も申し分ない。

自分も負けてはいられないと小さく笑みを浮かべたフェリクスは、ようやく彼女たちの前に姿を現した。

「メアリ、お待たせいたしました」

飲み物をメアリに渡しながら近付いたフェリクスは、令嬢たちには一切目を向けない。

まるで存在していないかのようにメアリだけを見ていた。

「ありがとうございます、フェリクス様」

メアリもメアリで、フェリクスが戻ってからは令嬢たちに見向きもしない。

この一瞬でフェリクスの意図に気付いたのだ。おかげで二人の世界ができあがっている。

あまりにも自分たちの存在が無視されているため、令嬢たちは戸惑うばかりだ。

しかし、ここで引き下がるほどペンドラン嬢は気の弱い女ではなかった。

「あの、フェリクス様っ」

さすがに名前を呼ばれてはフェリクスも無視はできない。

黙って引き下がればいいものを、と内心で思いながらも、笑みを貼り付けて振り返った。

「ああ、ペンドラン侯爵家のご令嬢ではありませんか」

「本日はお呼びいただけて嬉しかったですわ。ちょうどノリス伯爵令嬢にご挨拶をしていたところでしたの。きっと王都のことはまだわからないでしょうから、お力になれればと思って」

予想通り過ぎる言動にフェリクスは内心でげんなりしつつ、そうでしたかと言いながら笑みを深めた。

その美しい笑みにうっとりとした表情を浮かべるペンドラン嬢であったが、続くフェリクスの言葉に再び青ざめることとなる。

「先ほどは、僕がメアリのどこを気に入ったのかと楽しそうに訊ねていましたね。ああ、お気になさらないでください。ペンドラン嬢は侯爵家ですから、田舎の伯爵家に悪印象があるのは仕方のないことです」

自分の嫌味を聞かれていたことに気付き、ペンドラン嬢はサァッと血の気が引いていく。

ここで彼女たちを完膚なきまでに罵(ののし)っても良いのだが、そうなると今後の関係に差し障る。

ある程度配慮が必要なのが面倒だが、その辺りの加減はフェリクスの得意分野だ。

(どちらが主導権を握っているのかを、わからせればいい)

同じ侯爵家でも代々宰相を務めているシュミット家がペンドラン家より力を持っているのは誰もが知るところだ。

何も問題はない。

年若い令嬢たちなど、古いルールに縛られ過去の栄光にしがみ付いた頑固ジジイ共を相手するよりずっと楽だ。

「僕は、たとえ爵位がなくともその人自身を見て、有能であれば尊敬しますけどね」

「へ、平民でも……!?」

「ええ。シュミット家は実力主義ですので」

あくまでも家の方針であると伝えることが大事だ。

押し付けることはしませんよ、ただシュミット家は家柄が良くても実力がなければ認めませんよ、と主張している。

簡単に言うと、ペンドラン家は家柄だけで実力が足りていないということなのだが、その辺りの意味に気付いた様子は見られない。

フェリクスは脳内で馬鹿にしたように鼻で笑った。

「その点、メアリは伯爵家のご令嬢でもありますし、とても優秀です。何も問題がないどころか、こちらから口説き落としてしまったほど素晴らしい女性なのですよ」

ペンドラン家よりも爵位の低いノリス家の末娘をシュミット家は認めている、という意味を込めて告げると、さすがにこれにはペンドラン嬢もカッと顔を赤くして怒りをあらわにした。

「我が家門を侮辱しているのですか！」

「いえ、めっそうもない。僕はメアリや実力のある者の良さを語っただけですが？　それに、ペンドラン家が由緒ある家門であることは周知の事実ではありませんか。今さら語ることでもないかと」

僕の言ったことのどこが侮辱になるのです？と疑問を投げかけるフェリクスに対し、誰も言い返すことなどできない。

ワナワナと震えるペンドラン嬢は、よせばいいのに負け惜しみのような言葉を口にした。

「メ、メアリ嬢がどれほど優秀だというのですかっ！」

侮辱しているのはどちらだと言いたくなる、頭の悪い発言。

一瞬だけスッと目を細めたフェリクスは、先ほどから黙って成り行きを見守っているメアリの腰を引き寄せた。

「シュミット家の大切な内部情報を、そう簡単に明かすわけがないではありませんか」

メアリはすでに、シュミット家の人間。

周囲でこちらの様子を伺っていた者たちにも、この意図は伝わっただろう。

ペンドラン嬢もさすがに言い返すことはできないようだ。

「第一、ふさわしいかどうか以前に……僕たちは愛し合っていますので」

ほかの者が入る隙などないことをハッキリと周囲に示し、フェリクスはメアリを連れて人のいないバルコニーへと移動した。

後にこの出来事が「あのフェリクス・シュミットが婚約者を溺愛している」という噂としてあっという間に広がり、フェリクスの評価はさらに上がっていくこととなる。

「フェリクス様。〝愛する婚約者への微笑み〟が、少し崩れてきていますよ」

会場の騒がしさから抜け出し、外のひんやりとした空気を感じながらメアリは現実的な言葉を口にする。さきほどまでのペンドラン嬢とのやり取りなどまったく気にもしていない様子だ。

実際は気にはしているのかもしれない。実はショックを受けたかもしれない。

だが、フェリクスにはまだメアリの心の内を読むことができなかった。

(メアリは僕が「婚約者を愛する演技をする僕」を演じていることを知らない)

気持ちを自覚してからというもの、思いは日に日に膨らんでいく。

じっくりと時間をかけてわかってもらおうとは思うものの、当分の間はこの溢れてしまいそうな思いを持て余すことだろう。

「陛下にご挨拶をして帰ることといたしましょう」

フェリクスは、イタズラをする子どものように無邪気に笑うメアリの肩を、流れるような所作で引き寄せる。

「行きましょうか」

「……はい」

それならば、演技が必要な場ではむしろ演技をしなければいい。

メアリを愛する自分を見せるための演技など、フェリクスにはもはや必要ないのだ。

距離の近さも、人前でならメアリも疑問に思うことはない。なぜなら、自分たちは愛し合う婚約者同士。本音を言えば、人のいない場所でこそ彼女に触れたいのだが。

惜しむらくは、肩を引き寄せて密着しながら歩くと自分よりもずっと背の低いメアリの顔がよく見えないということくらいか。

（周囲へのアピールと称して二人で出かける日を増やすか。パーティーもメアリの負担にならない程度に出席することにしよう）

これまで何かと理由をつけて欠席していた社交の場に自分から出たいと思う日が来るとは。

フェリクスは我ながら驚いていた。

それも理由が「少しでもメアリと触れ合いたいから」という馬鹿げたものなのだからざまぁない。

（この僕が、ね）

これまでマクセンを馬鹿にしてきたフェリクスだったが、ほんの少しだけ好きな相手に近づきたいという気持ちを理解した。

とはいえ、マクセンの女性とあらば声をかけに行く節操のなさについては、いつまでたっても理解しがたいが。

「あの、フェリクス様」

陛下に退出の挨拶に行く途中、人気のない廊下へ出たところでメアリがフェリクスに声をかけてきた。

フェリクスを見上げるメアリはどことなく恥ずかしそうに微笑んでいる。

「今日の私は、ちゃんと貴方を愛する婚約者ができていましたか？」

令嬢たちに囲まれながらあれほどの対応を見せておいて、これである。

もしかすると、メアリには上手く立ち回れているという自覚がないのかもしれない。

「フェリクス様には微笑みが崩れていますと偉そうなことを言っておきながら……実はあまり自信がないのです」

予想通りであった。

これにはフェリクスも呆れるしかない。

（ここまで自分の能力の高さに疎いとは）

周囲のことには鋭すぎるほど察せるというのに、自分の評価については無頓着である。

だがそれも仕方のないことかもしれない。

今までは誰にも気付かれなかった能力であり、認めてくれる者もいなかったのだ。

メアリが自分でその有能さに気付けないのも無理はない。

ならば、フェリクスが褒めてやればいい。ちゃんとわかってくれるまで根気強く。

きっとこの先もメアリは臨機応変に対応してくれるだろうという信用もある。

褒める機会はたくさんあるだろう。

「僕としては、期待以上に上手くやってくれたと思っていますよ。ただ、できていたかどうかは自分たちでは判断できないと思います。評価というものは他者が勝手にするものですから」

「それもそうですね……」

しかし、フェリクスは人を褒めるのが下手であった。

褒められたとは思っていないメアリは納得したように何度も頷いている。

それもこれも、フェリクスがつい余計な説明を付け加えてしまうからだ。

これは良くないと焦ったフェリクスは、改めてメアリに告げた。

「少なくとも、今日の周囲の反応を見る限りでは成功と言えるのではないでしょうか」

「それならよかったです」

これが今のフェリクスの精一杯である。

それでもメアリがホッとしたように無防備な笑みを向けてくるのは、フェリクスにとっては救いであると同時に心臓に悪い。

彼女の素直な反応を見ると、どうしようもなく愛おしくなってしまうのだ。

「今後も精進いたしますね」

「……ええ。僕も精一杯の努力をしますよ」

――貴女に、気付いてもらえるように。

きっと、この努力の意味をメアリは気付いていないだろう。

だがいつかメアリがこの想いに気付き、受け止めてもらえるようになった時、フェリクスは今日のことを笑いながら話すつもりだ。

焦らず、スマートに、ゆっくりと。

そして、計画的に。

時間をかけて、想いを伝えていく。
フェリクスは、そう心に決めたのだった。

第十一章　愛する婚約者様

ようやく少し休む時間ができたメアリは、自室で久しぶりに思いきり気を抜いていた。

思えばシュミット家に来てからというもの、マナーの再確認やダンスの練習、貴族の顔や名前と家同士の関係性を覚える勉強など、実に怒涛の日々を送っていた。

田舎育ちとはいえ、メアリは自分がノリス家の娘でよかったとしみじみ思う。

幼い頃からマナーやダンスに関する教育を一通り受けていたおかげで、その点について困ることはあまりなかったからだ。

（幼い頃はこんなの覚えたって一生使わないのにって思っていたけれど）

両親の教育方針を今になってメアリは心から感謝し、ディルクと食事をした時には何度も礼を告げた。

「今日はこの後、何をしようかな……」

しばらくの間はのんびり過ごしていいと言われたものの、やることが何もないというのも困りものだ。

シュミット家の使用人たちはみんなとても優秀で、メアリに対して親切に接してくれる。

特に専属のメイドとなったカリーナが優秀過ぎるのか、メアリが頼んだことはもちろん、頼んでいないことまで先回りして手配してくれるくらいであった。

これまで自分のことは自分でやり、メイドたちの仕事も手伝っていたメアリにとって、何もやらせてもらえない生活は快適ではなく、退屈になってしまう。

しかし今の自分は次期宰相夫人という身。

メイドたちに混ざって働くわけにはいかないことくらい、メアリも理解していた。

(もちろん手厚くもてなしてくれることには、心の底から感謝しているけれど……暇すぎる！)

できることなら庭の草むしりや買い出しにでも行きたいが、絶対に止められるだろう。

料理くらいはさせてもらえるが、いつもできるわけでもない上に、食材も自分で見に行くことは叶わない。

フェリクスの婚約者となれば前のような自由な暮らしができないこともわかってはいたが、もう少しやれることがあればと願わずにはいられない。

王都のご令嬢たちが普段何をして時間を潰しているのか、メアリは機会があれば聞いてみたいと思っていた。

(みんながみんな、刺繍やお花、絵画や読書を楽しむのかしら)

実のところ、メアリはそれらにあまり興味がない。

見るのは楽しめるが、自分で作るものに関しては料理以外を楽しいと思えないのだ。

読書もそれなりに好きではあるが、一日中読み続けられるほどではない。

そういったところは父のディルクや姉のナディネに似て、身体を動かすほうが好きなのである。

(ああ、少しでも気を紛らわせたいのに)

何より、今のメアリは暇になることで困っていることがあるのだ。

どうにも最近、心臓の調子がおかしい。

フェリクスの近くにいると決まって心音が速くなるのだ。

それに、驚くほど顔が熱くなってしまう。

「考えないようにしていたのに……」

暇になるとどうしてもフェリクスのことを考えてしまう。

だからこそ、何かやることがあればと思っていたのだ。

メアリは与えられた豪華な部屋の広いベッドに仰向けになった。

そのまま身体を丸めてころん、と横向きに転がる。

本当はわかっている。

自分がわからないフリをしているということを。

「そこまでお子様じゃないもの。でも、いつから……?」

頬を両手で覆いながら小声で呟く。

ふと、フェリクスが浮かべた柔らかな微笑みを思い出し、メアリはさらに赤面した。

「恋、だなんて」

それを口にしたことでついに耐えられなくなったのか、メアリは顔を枕に埋めてうつ伏せになったまま足をジタバタさせた。

自分が誰かに恋をするなんて考えたことさえなかった。

周囲にも恋をしている者はあまりおらず、知識もほとんど持ち合わせていない。

今のこの気持ちが本当に恋なのかと言われると、正直なところ自信もない。

(でもそれ以外に考えられないし、そう考えると納得できてしまう……。ああ、こんな時にサーシャがいれば相談にのってもらえるのに！)

賢いからこそ、気付いてしまえばいろいろなことに説明がついてしまうのである。

メアリは今ほど自分が鈍感であればよかったのにと思ったことはない。

恋って何？　人を好きになるって何？　などと首を傾げるような女の子であったならどれほど良かったか。

目を閉じて、フェリクスと過ごした時間を思い出す。

王城を案内してくれた時、内心はドキドキしていた。

顔を真っ赤にして照れたフェリクスの姿は失礼ながら可愛く思えて、本当はずっと見つめていたかった。

(騎士団の訓練場で手をお借りした時は、自分の大胆さに驚いたわ)

あの時フェリクスは、目を丸くして驚いていた。

呆れられたのかもしれないが、その後しっかりと手を握りしめてくれたことがとても嬉しかった。

ほかにも、メアリのためを思って街に出かけようと提案してくれたこと。

街ではメアリに注目が集まらないよう、立ち位置を変わってまで隠してくれたこと。

人を気遣ってばかりいるメアリに気付き、もっとわがままになっていいと言ってくれた時は救われたような気持ちになった。

この先どんな相手と結婚をしても、自分はずっと相手の顔色を窺いながら一生を過ごすと思っていたから余計にだ。

お披露目パーティーでのダンスは、あまりにも近い距離に心臓が飛び出そうだった。こんなにも密着するものだっただろうか、と本気で悩んだほど。

侯爵令嬢たちに囲まれて嫌味を言われた時も、絶妙なタイミングで間に入りメアリを守ってくれた。

その後、肩を抱き寄せられて歩いた時はものすごく緊張した。

あの時も、あの時も、あの時も。

フェリクスの顔が浮かんではメアリの胸は締め付けられる。

でもそれがすべて……演技だということはわかっているのだ。勘違いしてはならないということも。

それでも、フェリクスに触れられた優しく温かな手が妙に恋しい。

（ノリス家にいた時は、シャワー直後のフェリクス様を見たこともあったっけ。髪も下ろしていて、眼鏡も外していて……あの時も可愛らしく見えたわ）

意外な一面を見つけるたびに、心の奥がくすぐったくなる。

これを恋と呼ばずになんと呼べば説明がつくというのか。

メアリはもう気付いてしまった。

もはや知らぬフリはできないだろう。したところでボロが出るだけだ。

いっそきちんと気持ちを自覚した上で冷静に対応できるようにすべきだと考えを切り替えるため、メアリはガバッと起き上がりパチンと両頬を叩くように両手で挟む。

「自分の欠点や失敗を受け入れるのと同じよ。言い訳を考えている間はモヤモヤするけれど、ダメな部分を受け入れてしまえば楽になるもの。フェリクス様が好きだと自分の気持ちを受け入れてしまえば極端に恥ずかしくなることもない、はず。たぶん」

はっきり好きだと口にし、フェリクスを思い出したことでメアリは恥ずかしくなっている。

だが、先ほどまでのように隠れてしまいたくなるようなモヤモヤは感じない気がした。

「……むしろちょっと、心地よいかも」

ドキドキは、ワクワクに。

よく考えてみれば、自分の初恋の相手が婚約者なのだ。なんという幸運だろうか。

フェリクスはノリス家でメアリが仕掛けたあれこれに気付いてくれた。

きっとこの恋心も、地道にアピールし続ければ気付いてくれるはずだ。

「作戦を練らなきゃ。あの時みたいに」

すぐには無理だろう。

フェリクスはきっと、自分のことをかなり年下の少女だと思って線を引いている。

下手すると、まだ子ども扱いをしている可能性だってあった。

それでも婚約者に選んでくれた。意識してもらうのは、前の時よりも楽かもしれない。

それに時間はたっぷりある。なんといっても、これからはシュミット家で共に過ごすのだから。

(必ず私の気持ちに気付いてもらうわ。そして、受け入れてもらうのよ。いつかフェリクス様のほうから私を求めてもらえるように)

焦らず、自然に、ゆっくりと。

そして、計画的に。

時間をかけて、想いを伝えていく。

メアリは、そう心に決めたのである。

番外編　あなたの弱点

容姿端麗、頭脳明晰、言笑自若。

メアリの婚約者フェリクス・シュミットは、およそ欠点というものが見当たらない世の女性が憧れる男だ。

優秀過ぎるがゆえに性格には難があるかもしれないが、それを人前では見せないし、考え自体は正論。

意外と面倒見もいいので、根は良い人だとメアリは感じていた。

少なくとも、決して悪人ではない。これだけは断言できる。

だからこそメアリには気になることがあった。

(弱点はないのかしら)

好奇心旺盛なメアリは、近頃そんなことばかり考えていた。

完璧だからこそ、苦手なものはないのかとふと思ったのがきっかけである。

従者のマクセンと軽い言い合いをして嫌そうな顔をしたり、わずかに動きを止めることはあるが、結局はその全てをあっさりと解決してしまう。

苦手な物事があっても耐えられないほどではない、といったところかもしれない。

（これだけは絶対に嫌だと逃げたくなることはあるのかしら）

フェリクスが逃げる姿など、メアリにはまったく想像ができない。

今、本を読んでいるこの美しい顔が、動揺と恐怖で崩れることなどあるのだろうか。

涙を流すことだってなさそうだ。少なくとも人前では見せないだろう。

幼い頃なら泣いたこともあっただろうが……子どもの頃の彼の姿でさえ、メアリにはいまいち想像がつかなかった。

「……メアリ」

「はい？」

ジッとフェリクスを見つめながらそんなことをつらつら考えていると、本に視線を落としたままのフェリクスがふいに声をかけてきたのでメアリは首を傾げる。

「その、あまり見つめられると、気になるのですが……」

「はっ！」

フェリクスがチラッと目だけでメアリを見ながら告げた言葉に、彼女はようやく自分が彼をずーっと見つめ続けていたことに気が付く。

それはもう、穴が開くほど見つめてしまっていた。

「ご、ごめんなさい！」

メアリは慌てて謝り、ようやくフェリクスから視線を外して冷めた紅茶に手を伸ばした。

最近になってメアリはフェリクスへの恋心に気付きはしたものの、今は本当にただ美しい人を見ていただけという感覚だった。

それほど、フェリクスの顔の造形はとても整っている。

初めて出会った時は、メアリがそんなふうに思うことはなかった。

しかしサーシャに言われてからというもの、改めて観察をするようになり、ようやくフェリクスが周囲の人から騒がれる理由がわかるようになってきたのだ。

(それとも、前よりも輝いて見えるのは……恋のせい？)

そう思うと余計に恥ずかしくなってしまう。

だが、フェリクスにそれを悟られるのはもっと恥ずかしい。

気付いてもらいたいけれど、気付かれるにはまだ早いような気もする。

メアリはそんな矛盾した思いを抱えていた。

しかしそんな羞恥心を鋼の精神力で抑え込み、いつものほんわかとした笑顔を浮かべて告げる。

「フェリクス様を見ている間に、考えごとをしていたようです」

「考えごと、ですか。どのようなことを考えていたのかお聞きしても？」

「……怒りませんか？」

「……怒られるようなことを考えていたのですか？」

質問に質問で返すという失礼なことをしてしまったからか、フェリクスからもさらに質問を返されてしまった。

怒ってはいないだろうが、軽い意趣返しはされた気がする。

メアリは気まずそうに視線を逸らした。

「人によっては、不快に感じるかもしれません」

「ふむ。では、メアリだったらそれを聞かれて怒りますか？」

「そうですね……相手によります」

あなたの弱点が気になります、だなんて親しい相手でもない限り「何をたくらんでいるのか」と警戒するに決まっている。

場合によっては、親しい相手であってもイタズラされるのではないかと思ってしまうだろう。

「では、貴女が僕に聞かれたら？」

メアリの答えに少しだけ考えた様子のフェリクスが面白そうに訊ねてくる。

聞かれたメアリは少しだけ考えてみた。

マクセンには絶対に教えたくはないが、フェリクスなら信用できるから教えられるかもしれない。

少なくとも、自分は演技付きとはいえフェリクスの婚約者として大切に扱われているのだから。

「訝しむくらいで、不快にはならないと思います」

「訝しみはするのですね」

フェリクスにメアリを害する気がないことはわかっていても、彼は腹黒だ。

人の弱みを握れば、それを自分の都合の良いように使うに決まっている。

メアリにだって、弱みを使ってちょっと難しい頼み事くらいはしてくるかもしれない。

「よほどのことでもない限り不快になったりはしません。訝しむ準備はできましたので、ぜひ聞かせてください」

一瞬だけなんとも言えない顔を見せたフェリクスだったが、すぐいつものように微笑んでメアリに話すよう促した。

訊ねたところで答えてもらえるとも思えないが、せっかく聞いてくれるというのだから、メアリはお言葉に甘えることにする。

「では……。その、フェリクス様にも苦手なものがあるのかな、と。仕事でも対人関係でもそのほかのことでも、何でもそつなくこなすではないですか。弱点はないのかな、と……」

聞いている途中で、やはり聞かないほうがよかったのではないかと思い始めたメアリの声は、だんだん尻すぼみになっていく。それに合わせて身体も縮こまってしまった。

フェリクスが虚を突かれたように目を丸くして黙り込んでしまったのも、メアリがいたたまれない原因だ。

「フェリクス様でも苦手なことに直面したら、戸惑ったり、逃げたり、泣いたりすることがあるのかなと思ったのですが……その姿が想像もできなくて」

「それで僕をじっと見ていたのですか」

「はい。ごめんなさい」

相変わらず目を丸くしたままのフェリクスに改めて確認され、真面目な顔で謝るメアリ。

驚いたというより呆れられたかもしれないと諦めの境地で彼の反応を待った。

「面白いことを考えますね」

感心したように腕を組んでいるのは、本気なのか呆れなのか。

だが、もはやどちらでも良いと半ばヤケになったメアリは前のめりになって言葉を続けた。

「それで、フェリクス様に弱みはあるのですか？」

「開き直っています？」

フェリクスは基本的に人あたりが良い。

実際はとても厳しい人でもあるが、メアリに対して無闇に怒ることはない。

要は、フェリクスの親切心に付け込んだのである。

それに、彼が気分を害した様子は見られない。

訝しむ様子もなさそうなところを見ると、純粋にメアリの質問を面白いと思った可能性が高い。

今も、顎に手を当てながら質問の答えを真剣に考えている。

しかし、フェリクスの回答はメアリが思っていたものとは少し違った。

「苦手なものくらいはありますよ。話を聞かない人、うるさい人、しつこい人とかですかね」

それは〝嫌いな人〟を柔らかく言い換えただけだ。

そういうことではない、ともう少しで言いかけたがメアリはどうにか堪えた。

「……そういう苦手な人が相手でも、フェリクス様ならなんとかしてしまうのでは？」

「なんとかしないと、なにも進みませんからね」

やはりフェリクスに弱点という概念はないのかもしれない。

だが、そうは言ってもなにか一つくらいはあるだろう。

フェリクスだって一人の人間なのだから。

「どうすることもできないことから逃げ出したくなったり、頭を抱えるようなことはないのですか？」

食い下がるメアリに対し、フェリクスは苦笑を浮かべている。

メアリは、自分でも頑固だという自覚があった。

納得のいく答えが聞けるまで、とまでは思っていないが、近いところまでは考えていたからだ。

それに、なんとなくこのまま聞き続ければ答えてくれるかもしれない。

恋する相手を知るせっかくの機会をメアリはみすみす逃したくはなかった。

「ちなみにですが。それを知ってメアリはどうするつもりなのですか」

「ただの好奇心ですが……もしかしたら、試しに弱みを使ってちょっとしたイタズラやおねだりはしてみるかもしれません」

クスッと大人びた笑みを浮かべながら言うと、フェリクスがピクリと肩を揺らした。

メアリがわざと挑発したことに気付いたのだろう。

すぐに口角を上げたところを見ると、不快になったわけではなさそうだ。

もちろん、メアリもそれを見越していたからこその言動ではあった。

「頭を抱えること、ですか」

一方、フェリクスは突然の愛らしい言動に心を揺さぶられ、メアリになら少しくらい脅されてみるのも悪くなさそうだと考えてしまったが、彼女がそれを知るわけがない。

さしものメアリも、フェリクスの本当の気持ちに気付くにはまだ時間がかかりそうである。

「……そういえば最近、頭を抱えたくなることがありましたね」

メアリのわかりやすい挑発を受けて、今度はフェリクスが仕掛けるようだ。

チラッとメアリに目だけで視線を向けると、わざとらしく困ったように肩をすくめてみせた。

まさか本当に頭を抱えることがあるとは思っていなかったメアリは、その言葉に純粋に驚く。

「えっ、それはいつですか?」

「婚約お披露目パーティーの時ですよ」

再び前のめりになるメアリを余所に、フェリクスはしれっとした顔で告げる。

メアリは答えを聞いても腑に落ちない様子で顎に手を当てた。

「あの日、私たちはほとんど一緒にいましたよね。まったく気付きませんでした……」

「そうですか？　まあ、メアリは当事者なので気付かないでしょうね」

「当事者？　えっと、私が何かしてしまったのでしょうか」

そうであるなら謝らなければならない。

そう思ってメアリが様子を窺っていると、フェリクスはフッと笑った。

「ええ。あの日、貴女のドレス姿がとても美しかったので。普段は可愛らしいのに、美しくもなれるのかと思いまして」

「えっ？」

「あまりにも綺麗で、ほかの男に見せたくないと頭を抱えたくなりましたよ」

思ってもいなかった角度からの褒め言葉に、メアリは照れるよりも疑問符のほうが先に浮かんでしまう。

それから言っていることを理解するのに数秒を要し、後からじわじわと照れが襲ってきた。

「……お上手ですよね、フェリクス様って」

「おや、信じていませんね？　本心なのに」

「それは……どうも、ありがとうございます」

「やはり信じていませんね。傷付きます」

「からかっていますね？」

もはや耳まで赤くなってしまったメアリは、ついにムッとして席を立つ。

「もういいです。弱みなんて聞いてすみませんでした」

「ああ、怒らないでください。本当にからかうつもりはなかったのですが……」

フェリクスはというと、内心で大慌てである。

言葉通り、本当にただ本心を伝えただけなのだから。

これを機に、あまり攻めすぎるのも良くないらしいことをフェリクスが密かに学んだのは余談である。

「あ、今です」

「え？」

フェリクスがメアリの後を追うように立ち上がり、ハッとしたように声を上げた。

思わずメアリも足を止めて振り返ると、心底困ったように眉尻を下げるフェリクスの姿が目に入った。

「今、僕は頭を抱えたくなっています。メアリの機嫌を直すにはどうしたらよいのかと」

実際、頭痛を堪えるように額に手を当てたフェリクスを見て、メアリはようやく彼が本当にからかう気などなかったのだと察した。

それなのに、子どものように拗ねてしまった自分にメアリは罪悪感を覚える。

同時に、あまりにもわかりにくいフェリクスに振り回されていた自分がだんだんおかしくなり、メアリは思わず脱力してふにゃりと笑った。

「ふふっ、なんですかそれ」

「本当ですよ？　他人を気にすることなんて今までなかったものですから」

メアリが笑ったことでフェリクスもまた肩の力を抜き、降参と言わんばかりに軽く両手を上げた。

とはいえ、その言葉もまた上に立つ者特有の発言ではあったのだが。

（本当に、他人を気にしたことがなかったのでしょうね）

それなのに多くの人から、いつも笑顔で丁寧な優しい人だと思われているのだから恐れ入る。

当然、彼の腹黒ぶりを知っている人も多いだろうが、それでも彼に敵う者はほとんどいないのだろう。

（どうして私は、この人を好きになってしまったのかしら）

メアリは人を見下すような人が好きではない。

だからこそ、当初はフェリクスのことも警戒していた。

彼の腹黒さは今も変わっていないし、きっと頭の悪い人が嫌いだと人を見下す部分もそのままだ。

それなのになぜ、恋をしてしまったのだろうか。

「今後はメアリだけでなく、少しくらい他人のことも気にしてみようと思います。……善処する程度ですが」

難しい顔でそんなことを言う姿がまたおかしい。大真面目なのがわかるから余計に。

（あ、そうか。フェリクス様は基本的には誠実なんだ。正直で、嘘だけは言わない）

なんだかんだと文句は言っても、最終的には手を差し伸べてくれる面倒見の良い人だということは、すでに知っていたではないか。

そういうところに、惹かれたのかもしれない。

理由がわかって少しだけスッキリしたメアリは、もはや彼の弱点についてはどうでもよくなっていた。

「私も、自分の機嫌を損ねないように気を付けます」

「それは助かりますが、不快な時はしっかり機嫌を損ねてくださって構いませんよ」

メアリが冗談めかして本気の言葉を告げると、同じようにフェリクスも冗談で本気を返してくれる。

それがどうしようもなくメアリの胸をきゅんとさせた。

「むしろ、我慢されるほうが心配になりますから」

「……ありがとうございます」

加えて、そんなに柔らかい目を向けてくるなんて反則だ。

普段しない表情というのは、それだけでいつもより特別に見えてしまうのだから。

「フェリクス様は、優しいですよね」

「優しい？　この僕が？」

なぜそんなことを言われたのかわからない、と言った様子で驚くフェリクスに、メアリはクルッと背を向ける。

これ以上この場にいたら、自分の気持ちが筒抜けになってしまう。

いや、知ってもらいたいところではあるのだが、フェリクスが自分に女性としての魅力を感じていないだろう今はまだ早い。

(もう少しゆっくり、じわじわと距離を詰めてから)

メアリをもっと意識するようになってから。

フェリクスがメアリを愛しているかもしれない、と思えるようになってから。

(想いを告げるのは、その時でいい)

メアリは熱くなった顔を隠すようにして、足早にその場を立ち去った。

すでにしっかり意識されており、フェリクスの唯一の弱点がメアリ自身であることを知らぬままに。

あとがき

皆さまこんにちは。楽観主義のお祭り好き、阿井りいあと申します。

このたびは本作をお手に取っていただき、ありがとうございます！


今作は第11回ネット小説大賞にて受賞させていただいた作品となります。

知らせを聞いた時は本当に驚きました。

と同時に大変光栄で、月並みな感想ですがとても嬉しかったです。

これだけ性格の悪い男が主人公の物語にもちゃんと需要があるのだな、と知れてホッと安心いたしました。

顔が良くて有能なら許す、みたいな部分は大いにあるかと思いますが、私の好みが受け入れてもらえたようで嬉しかったです（笑）。


ただフェリクスのように、あそこまであらゆる要素に恵まれた人物なら少しくらい人を見下しがちになるのも仕方ないと思うのですよ！

だからこそ、人として大事なものが少し足りない彼には、新たに「愛」を覚えてもらって今後メアリ以外の他者にも優しさを向けられるようになってもらいたいものです。

いや、メアリにだけ優しい腹黒フェリクス様、というのもそれはそれで……。

恋はフェリクスをどう変えるのでしょうね？

自分の気持ちを自覚した婚約者同士の二人がこの先どうなっていくのか。

どちらが先に気づくのか、どちらが告白するのかなどなど。

いろいろと妄想を膨らませていただけたらな、と思います！

個人的な「好き」をたくさん詰め込んだ作品をこうして本にしてもらえたこと、本当にありがたいです。


書籍化にあたり、主婦と生活社様、編集様、美麗で素敵すぎるイラストを描いてくださったwhimhalooo先生、その他たくさんの方々に尽力していただきました。

素敵なご縁に感謝です。本当にありがとうございます。

何より、いつも応援してくださる読者様方、本作をお手にとってくださった全ての方々にも心からの感謝を！


どうか皆さまに楽しいひとときをお届けできますように。

阿井りいあ

この本を読んでのご意見・ご感想・ファンレターをお待ちしております。
<宛先>〒104-8357　東京都中央区京橋 3-5-7
　　　　（株）主婦と生活社　PASH! ブックス編集部
　　　　「阿井りいあ先生」係
※本書は「小説家になろう」（https://syosetu.com）に掲載されていたものを、改稿のうえ書籍化したものです。
※この作品はフィクションであり、実在の人物・団体・法律・事件などとは一切関係ありません。

腹黒次期宰相フェリクス・シュミットはほんわか令嬢の策に嵌まる 1

2024年10月14日　1刷発行

著　者　阿井りいあ
イラスト　whimhalooo
編集人　山口純平
発行人　殿塚郁夫
発行所　株式会社主婦と生活社
〒104-8357　東京都中央区京橋 3-5-7
03-3563-5315（編集）
03-3563-5121（販売）
03-3563-5125（生産）
ホームページ　https://www.shufu.co.jp

製版所　株式会社明昌堂
印刷所　大日本印刷株式会社
製本所　小泉製本株式会社
デザイン　小管ひとみ（CoCo.Design）
編集　上元いづみ

ISBN978-4-391-16326-1